KUWEI
酷威文化
图书 影视

元气少女缘结神（小说）

鞍马山夜话

漫画原作：铃木Julietta
小说作者：Haruka、子安秀明
译　　者：Elimu

百花洲文艺出版社
BAIHUAZHOU LITERATURE AND ART PRESS

登场人物介绍

桃园奈奈生

被土地神御景托付了一座神社、从而成为神的女高中生。

巴卫

侍奉成为土地神的奈奈生的使者。原本是野狐妖。

虎彻

鬼火童子。御景神社的精灵。

鬼切

鬼火童子。御景神社的精灵。

真寿郎
小时候的鞍马。
鞍马
超人气偶像，
真身是天狗。
翠郎
养育鞍马的
天狗哥哥。
二郎
意图成为天狗
之里下一任领
袖的天狗。
瑞希
奈奈生的第二使
者。白蛇的化身。
牡丹丸
鞍马山的小天
狗。敬仰鞍马。
姬美子
鲶鱼的化身。变
成正在恋爱的人。
御景
将神社托付给奈
奈生的土地神。

元气少女缘结神

鞍马山夜话

目录

我要保护她不受伤害，
更不去伤害她。

对于我来说，
只要能守护你，
就已足矣。

真正让我难受的，
大概是因为让你看到如此狼狈的自己。

我爱她，这个世界最重要的，
就算拿任何东西交换也好，
也想共度此生。

无言为花

（小说 Haruka）

为什么……

为什么，这样的事情……

为什么，为什么你在这里？

我完全无法理解自己眼前这团冒着烟，像破布一样的东西是什么。

“为什么，你……”

当我说出口之后，才意识到那并不是问候，那些已经不能称之为愤怒与憎恨的、乌黑混浊的情感涌上心头。我转向身边和我看着同样景象，吓得瘫坐在地上的孩子。

“都是你们的错！”

说出这样的话的一瞬间，怒吼着、悲鸣着的一大群人汹涌而来，从黑暗之中我的身体被拖出来，那扇讨厌的门被永远关上了。

在远离城镇的鞍马山深处，我站在与天狗的修行处有些距离的，视野广阔的山崖上。

“花……”

在被刺进地里的大小刚好的桩子——这个随便的墓碑前，有一束花被悄悄地放在那里。它吸引了我的目光。虽然不是紫色，但从形状看来它，应该是菖蒲吧。有一片片美丽的白色花瓣，还有淡紫色和黄色的花纹。这让我想起小时候向里窥视的万花筒。

“真是好事之徒。”

我用鼻子“哼”了一声，面向那个连名字都没有的墓碑，呼唤在下面长眠的亲人。

“大哥……”

在天狗之里，无论是谁都是兄弟。但是我的亲哥哥一郎，已经到了另一个世界。

我时常像现在这样抽空去拜访哥哥的墓，而后眺望着沐浴在五月和煦阳光中的青山。此时对于他已经离世的悔恨和哀伤涌上心头，我感到这已经成为我的愤怒之源。

“决不能让他们为所欲为！”

我的脑海里浮现出几天前刚发生的事情。

“天狗山也到了转换期啦。”

现在的僧正坊是武斗派的老古董。不知道这是谁说的，但是这几年一直有人这么背后说他坏话。他被这么说，也因为担任僧正坊参谋的老中方膝下无子，这些被称为稳健派的人的思想越来越软弱。

从我看来，被称为武斗派的僧正坊是绝对不会乱来的人。而且，我认为他对一些事会比现在更严格地采取措施，而且会让那群软弱的老中方气得说不出话。正因为有那样的家伙，我们年轻人越来越没志气，这座山越来越衰败。这是为什么呢，我不明白。

“但是啊，因此现在不用多锻炼了，真是没有比这更好的事儿啦。”

在刚刚结束坐禅的时候，不知是谁说的话让殿里陷入寂静。我身边的一群人脸上都带着惊愕的表情，

神

但是感到不满的那人似乎没有注意到，说：“因此，这座山每天都很和平啊。明明没有战争，还练什么武术。”

“是啊。从今往后是靠头脑战胜力气的时代啊。正是如此，下一任僧正坊……”

“……”

附和的人正要将名字说出口，他身边的人将手指竖在唇边打了个手势。也许他们就这么恍然大悟，一脸“糟了”的表情，向我转过身来。

“下一任僧正坊，是谁啊？”

“啊、嗯，二、二郎哥？！”

我脸上的表情可能过于可怕，不明就里的人吓得发抖。

“你们知道为什么没有战争吗？你们就这么确信今天和平，明天也和平？”

“不、不……那是……”

唰……我的耳朵没有放过他们悄悄向后退的声音，

一瞬间靠近他们，抓起两个人的头发。

“疼！”

“你可说了现在是靠头脑的时代。那你怎么让头离开我的手？做做看啊！再不快点儿头发就被拔下来了。快啊！”

“哎呀呀呀！”

两个笨蛋满眼泪水，发出了哀鸣。

唰啦啦。两个人的头发根儿发出摩擦声。就在此时，一个蓄着一头飘逸长发的人出现在我的视野中。

“你又在做过分的事了！”

用不慌不忙的声音制止我的优雅青年仿佛对这危险的气氛视若无睹。

“不管我们年轻人怎么说，这座山的未来由上层来决定。就算你是青年组的老大，也没有发言权，懂吗？”

“什么……”

“哎呀呀……”

我的手不由得松开了，两个人一脸得救了的表情，从大殿里逃走了。那家伙满脸微笑地站在我面前。

“翠郎，你这家伙……”

刚才的两个人说出“下一任僧正坊”时，我可以轻而易举地想到这个人的名字。

纤细的身体，笔直的长发，这个男人青白色的皮肤略带病弱感。

他是个不管我做什么都给我添麻烦的无礼的人。

我甚至不认为他是我们天狗一族的人。正是因此，究竟为什么他成为传言中的“下一任僧正坊”，我完全不理解。

“现在你只管我叫翠郎，不加敬称了？即便我是你哥哥也这样？”

“说什么呢！你和我难道不是同一年出生的吗？”

我毫不犹豫地怒吼道。

翠郎的嘴角泛起一抹微笑。

“就算是同年出生，我也比你早生了五个月，理应被称为哥哥。”

“别胡说八道！”

“哎呀？可是，你是个重视传统规范的人啊！那么，为了体现长幼尊卑，首先应该做什么？”

“我不承认。谁要管你叫哥哥！”

我不可能管这个家伙叫哥哥。我的哥哥，只有和我流淌着同样血液的一郎哥哥。

“呵，哈哈哈……”

在我接着开口发话之前，翠郎先低声笑了。

“有什么好笑的！”

“可是，二郎，你的脸通红啊。”

“啊？！”

像这样不顾状况地挑拨人，他肯定是故意这么做的。翠郎天生就有好口才，但他从来没有出过状况，是个扫兴的家伙。他不仅是个没法用拳头较量的人，而且我宁死也不愿承认自己和他有关系。如此坚持着的我转过身拨开那群诚惶诚恐的人，离开了那里。

回过神来，本应照着我的阳光已经避开了我。

“哥哥因为太弱，所以走了……”

我对着哥哥的墓碑低语。

就连吹拂着树枝的微风也像是感受到了这无处发泄的愤怒，正厌恶地逃进深山。

比我大了十五岁的哥哥。他在同龄的天狗里，无论是武术还是飞行术都擅长。我经常一边看着一郎哥哥的背影飞起来，也想要追赶上他一般疯狂地努力修炼剑道。

明明如此，却……

几十年前的某天，那时包括我在内的年轻人在道场学习体术，青年组的人慌慌张张地回来了。那些人连看都不看我们一眼，伴随着啪嗒啪嗒的脚步声直接进了本殿，但是他们的服装凌乱，翅膀也受了不同寻常的伤，我们只能紧张地看着彼此。

我随后听到的叫喊声中的内容，是我从没想到过。

“在鬼啼森林，一郎被当成怪物的食物了！”

之后的事情我便记不清了。这是做梦。我对自己讲着虚伪的大话，坚定地迈开脚步。

无论如何一郎哥哥都不可能输给怪物。武功比谁都高强，在天空中飞得那么快的哥哥，不可能死。

但是，无论我怎么欺骗自己，都无法掩盖事实。

混在一大群年长者里前往鬼啼森林的我，在那里看到了。死状凄惨的一郎哥哥的身体。

“骗人……”

我无法相信这一切。与其说是哥哥横躺在地面上，不如说是他的身体被撕得七零八落，满是血迹，漂亮的黑色翅膀像炭渣一样成了焦黑的残烬。

“究竟发生了什么！为什么会有这样的事！”

我一把抓住刚才报告消息的首领的脖子，只想一探究竟。

哥哥所在的巡逻队被不知从哪里突然出现的大怪物袭击，在迎击的时候被周围的树木妨碍，无法飞翔，葬身于瞬间的一击之下……只有这些。

坚信自身能力的一郎率先带头讨伐怪物，年长者们称之为“名誉的战死”，流下了眼泪。因此哥哥的遗体按照习俗被归还给土地，埋在了可以看到茫茫群山的地方。

不知道那可恨的怪物去了哪里，怎么都找不到。

这就是我所得知的全部。

但是我并没有就此接受。

“那个怪物，究竟是什么样的！”

“那个、那个怪物恐怕是……”

我忘不了我听到的名字。杀了哥哥的、让我怒睁双眼的可憎的怪物的名字。总有一天我要将它打进地狱。

唰啦啦啦啦啦啦——

风吹动树叶，将我的思绪拽回现在。这风似乎是对回想起几十年前的景象的、满怀滚烫的怒火的我的救赎。

“哥哥因为太弱，所以走了……”

在鞍马山被交口称赞，自己也如此坚信的井底之蛙。如果能够更强的话就好了。

对啊……

“甚至到死这一步……”

如果连命都要送上，还是早点逃跑好。

从那天开始，山里沸腾着要进行复仇大战，武术训练被加强。为了在鞍马山的天狗一族中曾被憧憬的一郎哥哥。他的强大还不够格，得出这样的结论的管理层更是惊慌吧。但是，这也只是一时的。

怪物的身影不知去向何方，练习也一点点……一点点放松，随着岁月流逝又回到了原先的平稳生活。

但是，我和他们不一样。我不断地磨炼自己，超越一郎哥哥，有朝一日找怪物复仇。

现在的我算是活动部队的青年组的组长。在这之上还有师父、中年干事和老年干事，还有大干事排成序列。

但是，还不够。无论怎么锻炼都不够。无论是兄长们还是周围，都是自己决定最高点并感到满足的井底之蛙。我要爬出井口，要比那个还没见过的怪物、比一切更强。然后取得无论是谁都无可辩驳的地位。如果不这么做，总有一天还会……有牺牲者出现。

“我可要活下去……”

我说出了和往常一样的话，离开了哥哥的墓地。

回到本家的道场，我看到年幼的天狗们在将前庭练习时折断的木刀聚在一处。

“是二郎哥……”

嘎啦、嘎啦。

“二郎哥来了哦……”

小孩子们听到我踩着白石砂砾走近的声音，都紧张得将身体缩成一团。担心因为什么被责骂，又像是害怕谁一样，真不像话。

“二郎，你去哪儿了？”

但是在这一群里面的一个大人，故意高声向我搭话。

“谁啊？”

光头被夕阳照耀，反射着橙色的光芒，这我似乎见过，也没见过……

“谁？我啊！教官外郎哟！”

“啊……”

我已经记不得幼年组教官长什么样了。但是，这家伙似乎从我还小的时候，就一直负责幼年组。如果这样，那么已经过去三十年了，他还没升职。就算是师父，也是个无能的人吧。

“二郎啊，你在偷懒吗？要不要向翠郎学学啊？”

他的话突然触到了我的通电，我斜眼看着他那不输给夕阳反光无比耀眼的秃头。

“什……么……”

也许是看到眯着眼睛、吞吞吐吐的我，产生了处于上风的错觉，秃子接着开口说个不停。

“翠郎啊！他可是个厉害人。连大长老都夸奖他。总之参谋长……不不，能成为鞍马山之宝的人才啊！”

“那家伙哪儿……”

“得看是和谁比啦！”

这个秃子口齿伶俐。在我说话之前，像瀑布一样发话。

“在模拟训练里用了出其不意的战术，用灵活的手段和队友们相处，他的魅力，还有他的吸引力简直像是人间里被用来扫地的机器……”

“闭嘴。”

“吸尘……”

“闭嘴！”

“器。嗯……”

这个连一句我能听得进去的话都不说的秃子，在失去夕阳照耀的同时无精打采地蔫了下来。

此时，杂兵的大房间里传来了叽叽喳喳的欢声笑语，我想着发生什么了，朝那边走去。

“啊，二郎，我的话还没说完呢！”

我没管高声喊叫的秃子，从走廊径直走进了大房间。

“真是个好东西啊！”

“下一个是我！”

“不，我！”

在那里，经历了一天艰苦训练而筋疲力尽的家伙们不知为什么气氛高涨。他们本是会因为肉体疲劳而吊儿郎当，除了呻吟什么都叫不出来的家伙。

他们似乎完全没发现我进入房间，一边高声喧哗一边嬉戏，面对着壁龛排成一列纵队。我沿着队伍向前走，对我而言这是完全无法理解的景象。

“要是有地方痒，告诉我。”

“好！”

有个青年组的人正襟危坐。翠郎正在他背后，用沾满白色泡沫的双手揉着他的头。

“再往右边一点的地方很痒。”

“是这里吗？”

“啊，就是那里！啊啊……翠郎哥。就是那儿，就是那儿。”

不知道这是为了什么，但我知道翠郎是在为他们进行安抚。

“锻炼虽然很重要，但是如果不好好休息使用的身体，以后身体就不好用了哦？精神也是一样。如果一直保持紧张状态，总有一天会突然崩溃。”

“好！我会铭记在心！”

“休息很重要。冷静下来，放松……”

“呼咻——”

随着每一次揉搓，男人的身体就更为放松。我哑口无言地看着这番景象，感觉五脏六腑在身体里翻滚。

“你在干什么呢！”

“二郎……”

“二二二二郎哥？”

咚咚咚的脚步声像雪崩一样响起，几十名天狗贴着墙壁站着。只有一个人，那个正在被服务的家伙，头仍然在翠郎的手下，面无血色地呆住了。

“吵死了。到底怎么了？”

“你说怎么了？”

因为他们像这样对翠郎撒娇，这些家伙越来越不争气，而且越来越得意忘形。即便如此，这些家伙也完全没有注意到这点，我很生气。

“你知道你让我们天狗一族越来越堕落吗？”

“我？为什么？”

温和地微笑着的翠郎，似乎在轻视我，认为我不会打他，显得更为可恨。

“没有为什么！那个在头上揉出来的可疑的白色泡沫，究竟是什么！”

“啊啊，这个……”

我从刚刚走进这里的时候开始，就一直很在意。随着翠郎手部动作，不断膨胀增多的泡沫。那究竟是什么？！

“这是，洗发露。”

“洗……发？”

“是洗头皮和头发的东西哦。”

我从没听说过的东西夺走了我的思考能力。就在这时，得意忘形的笨蛋们提出了糟糕的建议。

“真的非常舒服！二郎哥也去试试看吧！”

“什么？”

“啊、啊……”

提出建议的家伙丝毫不畏惧张牙舞爪的我，藏进了其他人之中。

“你们这些家伙，就像软弱的翠郎一样，一点骨气都没了！好好反省！”

“是、是！非常对不……”

“只是严厉，我认为这算不上强大。”

在众人谢罪的时候，翠郎插进了一句话。

“无论如何锻炼身体，但是如果只硬碰硬……”

“……”

翠郎用冷淡的目光看着我。我不由得认为他的说法是在嘲笑我的哥哥一郎死得很窝囊。

“你究竟想说什么！比起我来你更厉害吗？”

下一任僧正坊。在鞍马山的地位至高无上。候补者就是这两位，我和这个完全不同，低声说着似乎很合理的话的，被称为翠郎的家伙。即便位置更替在几十年、几百年后，也还是早点分出胜负更好。

“不是什么更厉害……我只是认为力量不代表全部。”

“理由是什么！”

“没什么。我就是因为这么想，所以这么说。”

不举出具体例子，只是用花言巧语敷衍，这激怒了我。在我的头骨里回响着嘎吱嘎吱的咬牙声。但是无论他知道还是不知道，翠郎继续用又细又白的手指梳理着头发。

“他们累得连明天的训练都撑不下去。不是所有人都像你一样强壮。其中也有头脑胜过身体的人。如果强迫他们，会让他们倒下来的。”

“倒下的家伙就倒下吧！”

“不要因为你擅长武力就这样以偏概全。在战争中，智谋也不可或缺。无论是力气还是武器，都是因为使用者知道该如何使用，才会打开通向平稳的道路。如果只是莽撞地挥舞，无论哪个都只不过是暴力。”

翠郎认真地说着似是而非的话。周围的家伙开始吵吵闹闹。我听到其中既有赞同翠郎的话，也有的站在我这边，认为果然力量才拥有决定性。

作为下一任僧正坊候补的两人的争吵，就这样分为了“依靠力量的”和“依靠智慧的”两个派系。对……就像现在，武斗派第三代和稳健派老中方的上层分为两派一样。

“你打算成为耍我玩的智慧者吗？”

“唉，二郎确实算是这座山的武器。呵呵。”

“笑什么呢！”

我已经忍不下去了。我血脉偾张，热血沸腾到了顶点。

“智慧最好，真是笑死人了。你既不锻炼，也不练剑，一动不动地用冷淡的表情说什么战斗！把其他人当成马一样使唤，我绝不容许你意图靠这样的方式自保！”

周围更加吵闹了。刚开始还能听到几个家伙的想法，现在无论是我还是翠郎，什么都听不清了。

“当成马什么的，我可从来都没这么说过……”

我将他对我的否定视作是对我的嘲笑，没有接他的话，总在心中徘徊的猜疑心爆发了。

“你没注意到你简直就是操纵着工蜂的蜂后吗？无论哪个都是被你置之不顾的杂兵，你踩着他们的尸体，靠近那些年长的家伙，心里盘算着夺下僧正坊的地位吧！”

“什么？！”

至今为止，翠郎的脸上第一次出现了阴郁的表情。我觉得我是不是恰好说中了，但是下一个瞬间，他的反应我从没想到过。

啪！

迅速扇过去的是翠郎那像细竹枝一般的手。然后被打响的，不是别的，正是我的脸。

“你看你竟然能害怕到说出这样的话！我不管周围的人怎么说。但是，只有你，我不想被你这么说！”

“什、什么……”

第一次看到翠郎正经严厉的表情的，不仅仅是我。周围的年轻家伙们，也将眼睛瞪得不能再大，连嘴都呆呆地张着。

“翠、翠郎哥打了二郎哥！”

不知道是谁说的这句话，让一股热血急速冲上了我的大脑。被这种软弱的家伙打脸，这事关青年组组长的尊严！

“你这家伙啊啊啊——”

随着我的怒吼声响起，周围的家伙也开始分成两派。有的飞上了天花板，还有的不知攥住了谁的翅膀拉倒对方，然后开始像小孩子一样开始打架。

在正中央，我勒住了翠郎的领子，他却意外地攥住了我的后领，将我向他的方向按。

“啊？”

我慌忙用攥着翠郎领子的拳头打了他的胸，然后离开他，放低重心，想要用肩部顶撞他的双腿间。

“啊！”

翠郎因为我的举动倒吸一口气，向后退去。就在此时……

那个不知道叫什么的秃头带着几名干部走了进来。但是，被热血冲昏头的我不可能就此罢休。

“多管闲事！”

砰！

“哎呀！”

打中了。我终于用尽全身力气用一记反手拳打了秃子的脸。

就是这样。因为我们引起了争执，我和翠郎被关进了禁闭牢里。

“都是你的错哦。”

“你竟然敢说这种话？”

禁闭牢的天花板上有铁栅栏，向下在土里挖得很深。又窄又细的牢里，我们甚至没有地方坐下，我和翠郎在月光的照耀下互相责备着对方。

唧唧……唧……唧唧唧唧……

远处传来了虫鸣声，我和翠郎也渐渐不说话了。但是只有我一个还好，敌对的家伙也在这个狭窄的空间内，我感到这份寂静充满恶意。

“你是从哪儿学到那样的……”

我忍不住开口发问。

“嗯？”

“那是体术。”

“啊。”

也许因为这么说可以解释，翠郎便如此回答。

“就算是我，也没有放松锻炼呢……”

“这样……”

“就是这样……但是，唉，算了。”

“什么啊？”

“无论再怎样锻炼自己，我从来都没有想过将你当成对手。”

“……”

沉默再次降临，月光无言地改变着角度。随着月光，在残酷的牢狱的黑暗中，翠郎的身影优雅地浮现。

他没有看我，只是看着长着杂草和青苔的地面，但是不知为何他的样子吸引了我的目光。

颀长的身体，纤瘦的四肢，虽然他的身体本该被揶揄为像细棍儿一样的，但是现在我无论如何都感觉不到厌恶。也许这是因为月亮的魔法。

“怎么了？”

“没什么……”

翠郎抬起头，我慌忙望向别处。在我的视线的余光之中，我看到翠郎轻轻地叹了一口气。

“怎么了？”

“很羡慕你。”

“啊？”

“你虽然对我的态度很轻蔑，但是与此相反，我很羡慕你啊。厚实的胸肌，坚硬分明的腹肌，还有从手腕开始，坚实得像木桩一样的手臂……”

“你要是羡慕就多锻炼。”

“你还不明白啊……”

翠郎说，无论怎么锻炼都改变不了体格。尤其是手腕和脚腕之类少有肌肉的部分，能够灵活活动的部位的肌肉质量主要靠天生，后天锻炼基本没用。

“体术呢，就算可以让身体更灵巧也敌不过压倒性的力量。因此我想要练好能够敌过他人的本领。也有能超过你的……”

“……”

我接不上话。要说为什么，在刚才与这个家伙争执的时候，我开始感到其他人身上所没有的不可思议的焦灼感。

翠郎立刻对我的动作做出反应，并且准备下一个动作。这样的反应，绝对不是“软弱者”能够做出来的。正是因此，我注意到了自己小瞧他的骄傲之心，意识到自己的高傲。

“我也是一样的吗……”

唧唧……唧唧唧唧……唧唧……

我一边听着远处传来的虫鸣声，一边望着天空，开始思考。这里简直就是井底。和哥哥一郎所掉入的井一模一样。

“二郎？怎么了？”

翠郎不知道我内心的情感，观察着我那突然失去魄力的脸。

“骄傲之心真可怕啊……”

“这一点都不像你。你突然怎么了？”

“呵……”

“二郎，你好奇怪啊。呵呵……”

“嘿嘿……”

“啊哈哈……”

“哈哈哈哈！”

也许因为我和他都想到了什么，都笑了出来。但是上面立刻传来了呵斥声。

“你们这群家伙！不准交头接耳！”

听到这怒吼，我明白是幼年组的教官光头。不知为什么，他似乎被要求看管我们。

“这秃子真吵。”

“是啊。”

“那家伙叫什么来着……”

“是什么啊。下郎？”

“下郎？虽然绰号不对，但是更适合他呢。”

“嘿嘿！”

“嘿嘿嘿！”

“你们这些家伙，闭嘴！小心我从上面浇水！”

秃子越来越吵闹，我和翠郎也闭口不言。然后将虫鸣声当成摇篮曲，站着进入了梦乡。

第二天有大事发生……

远处似乎传来许多天狗的悲鸣声，我被惊醒了，想要睁开眼睛却又被亮光刺得直眯眼。

“怎么……了？”

我又将上下眼皮睁开了一些，看到了紧贴着我的，一脸狼狈地望着天空的翠郎的脸。

“怎么了？为什么突然这么吵……”

似乎比我醒得更早的翠郎也不知道缘由。

我向上看，看到在铁栅栏的另一边有好几只天狗正在向北飞行。通过这不寻常的景象觉察到危机感的我，深吸了一口气。

“有没有人啊！告诉我发生什么了！”

筒状的土墙壁似是将我的声音吸走了。但是幸运的是声音还是传了出去，一只天狗隔着铁栅栏望着处于正下方的我们。

“报告！鬼啼森林被雷击中！不……地面发出响雷？总、总之，现在进入紧急状态！”

“地面的响雷……”

翠郎紧皱眉头，歪了歪脑袋。

我们能看到的天空一片晴朗。明明如此，雷声是怎么回事？

“鬼啼森林……”

那座森林和雷声让我想起了可恶的联系，睡眼惺忪的我一下子精神起来。

“详细地讲一讲！”

我脚蹬着长着青苔的潮湿地面一跃而上，将手穿过生锈的铁栅栏，紧紧地捏住了回答我们的天狗的脖子。

“咕……”

一瞬间要吐出来的公天狗用双手扳住我的手臂，满脸通红拼命地说着。

“我……我什么都不……只是，上层的意见是你们还不能出去……”

“发生了什么！”

“雷……兽……”

“啊！”

我的大脑中闪过一道闪电。

雷兽。

这是我无法遗忘的仇敌，杀了与我共分血脉的哥哥的怪物的名字。

我度日如年，等得不耐烦的家伙的名字。终于听到这个名字的我，心中充满了既不是愤怒也不是喜悦，而是只有翻滚不停的炽热的昂扬斗志。

“让我出去！让我从这儿出去啊！”

“但、但是！啊……”

从铁栅栏内侧被掐住脖子，快断气的杂兵直翻白眼，也不把钥匙交出来。虽然他也有可能没有钥匙，但是那时的我完全没有考虑到这一点。

“二郎，等等！”

我虽然听到下面传来了翠郎的声音，但是急躁的心情让我拼尽全身力气。

“唔啊啊啊啊啊啊！”

吱——

我将双手插进绝对不算细的铁栅栏中间，拼尽全力撑开它。

吱呀——吱吱吱——

“唔啊啊啊啊啊啊！”

吱吱嘎嘎。

栅栏的铁锈像要浸透皮肤一般，我的手渗出了血，但是没有丝毫痛感。

“二郎！”

禁闭室里翠郎清脆的声音响起的时候，我已经飞上了天空，向着鬼啼森林全速前进。

咕哦哦哦哦——

自己的翅膀与空气摩擦的声音很吵闹，向下看到的群山，已经变成了一片向后移动着的绿色。

“唔……”

我与前面啪嗒啪嗒地飞来的同伴们擦肩而过，一瞬间停下了翅膀的扇动。大家都受了伤，处于濒死状态，甚至连互相搀扶着飞行都做不到。

“坚持住啊！不要死！”

无论是谁都一副正在流血的惨状，衣服被烧得焦黑。但是有家伙注意到了我……

“二郎！不能去！”

有个制止我去的家伙。我定睛一看，是和一郎哥同级的天狗。

“没办法的！回去吧！”

他一把抓住我的手腕，满脸是血地对我说。

“有什么事情没办法！我就是为了这一天而生的！”

我使劲挣脱，他仍紧紧攥住我的手腕。

“如果连你都被干掉了，鞍马山就彻底完了！”

“放开我！”

我拼尽全力挣脱开紧握着我的手，然后从那家伙的腰间拔下了木刀。

“难道你想再现一郎的惨剧吗？”

我置之不顾，展开巨大的黑色翅膀飞向高处。景色又像无数的线一般掠过。

就在我直奔鬼啼森林，刚刚到达目的地的时候……

唰——

不是“落雷”而是“升雷”，这说得真是好。从地面开始势如破竹地，向天空射出的闪电，像是击中了什么一样，天空唰地闪了一下。

“就是它！”

我用比下坠还快几倍的速度，向着发出闪电的地方前进。

啪嗒啪嗒啪嗒！唰唰唰！唰——

我丝毫不理会遮挡阳光的树枝，一个劲儿地向着仇敌所在的地方前进。我在前方看到的是……

“咕噜噜啊啊啊啊！嘎呜呜呜……”

“这、这是……”

黄金色的狮子。用它来形容怪物再合适不过。这野兽的体型大约是我的三倍到四倍。

“嘎呜……”

它有一头金黄色的鬃毛，粗壮的四肢踏在地面上，随着呼吸上下摆动着肩部，简直可以说是散发着崇高的光辉。虽然如此，尖锐的牙齿和嘴角边，流下了口水和红色的液体。那恐怕是我的伙伴们的血。

“我一直想见你哦……”

我一边怒吼，一边站在它的正对面。无论是我还是它都知道，我的双腿在颤抖。

“呜呜呜……咕噜噜……”

在呼吸声中混杂着哔哔、哔哔的奇怪声音，震动着空气。与此同时，被树枝遮住的黑暗空间像蜘蛛网一样不断龟裂。

“你还记得吗？被你杀了的我的哥哥一郎。难道说，对你而言，他只是个不值一提的猎物？”

“咕噜噜……”

我不管怎么想，都无法传达给它。它只顾着发出响雷一样的声音，用血红的舌头舔着嘴角边天狗的血。

“哥哥的仇……”

我使劲握住木刀，一边向上挥舞一边从地面上弹跳起来。

“呀啊啊啊啊——”

同时，咆哮着的雷兽竖起全身的鬃毛，向四面八方发出闪电。

“咕哦哦哦哦！”

唰！

四周陷入一片猛烈的纯白光芒之中。

“我怎么会让你得逞……”

嘎……

随着雷击，改变姿势的我的翅膀，不知为什么，像被拘束住一般动弹不得。

我一看，真是惊讶——我的翅膀被树上的藤蔓缠绕得动弹不得。

“什么？！”

我定睛一看，藤蔓表面布满了细小的刺，它的方向与羽毛的生长方向相反，阻挡着羽毛。

唰！

“咕……啊！”

不到一眨眼的工夫，一道闪雷击中了我。

向着我腰部发出的闪电将翅膀也烧黑了，我的全身感到刺痛的灼热和酥麻。肌肉和翅膀被烧焦的难闻气味，还有至今从未感受过的痛苦向我袭来。

就这么完了？就这么被打了一下，我就完了？这么一想我寒毛倒竖。脏器没有受伤，但是我的斗志就这么被剥夺，真是难以置信。

“呼咕嘎啊啊啊……”

雷兽在一动不动的我面前，像蓄力一般收紧四肢。接下来它的身体要发出雷声了，以无法动弹的我为目标。

啊……一郎哥哥也是这么死的吗？我绝望地想。

我和哥哥一样。像井底之蛙一样迎来死亡，天狗们为了报仇而再苦练十年技艺……这就像轮回一样，无论什么都在重演吧。

我意识到了自己的想法和感情是多么微小，心想着到此为止了……便闭上了眼睛。但是那一瞬间。

“啊啊啊啊啊！”

唰！

“咕噜噜……”

随着未曾听到过的惨叫，我的头上有无数硬块啪啦啪啦地掉下来。仔细一看，那是金黄色的果实，不知为何雷兽一边专心致志地用鼻子蹭着地面，一边贪得无厌地开始吃那樱桃一样的果实。

“二郎！”

“是翠郎吗？”

我抬起头，看到树木的缝隙中展开黑色翅膀的翠郎。

“雷击不会向下攻击！趴低！攻击它的脚下！”

“嗯？！”

“我在上面吸引雷兽的注意力！你从后面攻击它！”

吱吱嘎嘎……

我粗暴地从荆棘里拔出翅膀，按照翠郎所说合上翅膀，踢了一下大树。

唰啦啦啦……

掉落的枯叶和树枝摩擦着我的身体，我慢慢地移动到了吃着诱饵的雷兽身后。

然后我慢慢地站起身，将怨恨和怒气融入双臂之中，紧紧地握着木刀。

“看招！”

那时简直像是在做梦。

从后看去，翠郎正轻巧地躲避着雷击，雷兽被撒下的果实诱惑。还有横着砍倒那家伙的腿，拼尽全力向着摔倒的雷兽的头挥下刀身，杀了它的我……这样的情景像绘卷一样在我的脑海中重现。

其中我印象最为深刻的是，雷兽的恐怖外表和强大的妖力。还有，在我所见过的天狗里面比谁都……对，比一郎哥飞得都快的，避开雷击的翠郎的身影。

“呀啊，呀啊，真是值得恭喜！将天狗一族的仇敌雷兽杀了，真不愧是二郎大人！”

我扛着怪物的身体回到天狗之里，大家一边喝彩一边迎接我。其中有个一边搓着手，一边低声说着什么的家伙向我们走来，是幼年组教官，那个谁……

“也许你忘了我吧，我是外郎！我的名字是外郎哦！”

他虽然高声说着这啊那啊的，但是最后……

“来自僧正坊的指示，今晚为了庆祝讨伐雷兽，举办庆功宴！因此，到日落为止，要为二郎大人选合适的衣服……”

“吵死了！”

“哎呀！”

我向着叽叽喳喳说话的秃头发出一声怒吼，那家伙像猴儿一样地低着身子跑去走廊了。

“雷兽死了吗……”

我像潜行一般进入睡觉的地方，脱掉烧焦了的衣服，寻找翠郎。我的意识四散，我完全不记得重要的怪物最后究竟怎样了。

“不……”

翠郎用沾着清水的手帕擦我的伤口，我无力地回应。我扛过来的，不是仇敌的尸体吧……

“我也看到了哦。二郎把那家伙打出脑浆。但是……即便如此，还是活着。”

据翠郎说，即便雷兽的头顶向上喷着血，它最后还是用前足将我扇倒了。然后我因为那一瞬间的冲击失去记忆，和那个闪耀的巨大身体同时倒下了。

“即便那样还能活着……”

即便是散发着杀气的攻击，也没能取走它的命。我发出了气馁的叹息。

“你啊，踉踉跄跄地站起身，在朦胧之中把雷兽扛起来了。我真的惊呆了，你受了这样的伤，却还有力气……”

翠郎边这么说边苦笑着，但我的心底里强烈的失败感在蔓延。

“那，那个家伙……”

“现在处于濒死状态，被绑起来了。”

“这样啊……”

“僧正坊想让二郎刺中它的咽喉，杀了它。因此大家都很期待在今晚的宴会上看到这个场景呢。”

“僧正坊他……”

这真是令人感谢。僧正坊考虑到我和雷兽之间的关系，才做出这样的决定的吧。我无论如何都不会有比到脚下更深的思虑。

“可是……”

我坐在准备好的坐垫上，看着旁边擦我满是污渍的脸的翠郎。

“二郎？”

看着我的翠郎的眼瞳，看上去比平时还要明亮闪耀。如果没有这家伙，我恐怕就没办法活着回来了。

“你撒的那个金色果实，是什么啊？”

“啊，那个……”

也许那是个比我想象里更无聊的东西，翠郎一边拧着手帕，一边望向别处说道。

“以前，我翻到的古文献中提到过操纵雷的动物。然后有记载说它喜欢被称为‘金两’的果实。因此我想它大概会有用吧。因此在你飞走之后，我去了‘金两’生长的地方。”

“这样啊……”

在我锻炼身体的时候，这家伙在熟读文献，为危机做准备吧。如果是这样，被帮助的我不得不承认智慧者的重要性。

“原来这样……只是这样吗？”

我本想告诉他我已经接受了，但是翠郎看上去还是有些不满。因此，还没从恍惚中恢复的我如此问他。

“唉，那个……你飞得速度可真够快的。对你刮目相看啦。”

“速度？啊……唉……”

“好痛！”

我明明好不容易夸奖他一句，但是翠郎听到这话仿佛还是不高兴，故意扯紧绷带。

“还有其他应该说的话吧？说得也许有些过了，但是我可是你的救命恩人啊。因此，从现在开始好好管我叫哥哥，需要的时候让我给你洗头！”

“头？”

“你的头发总是很脏啊。我很在意这个，真是没办法。”

我正想着他是不是在强迫着我遵守礼节，但是似乎又不是那样。我完全不知道他在说些什么。我一脸呆滞地看着翠郎。

“稍微注意点啊。那个……不仅是我，还有周围的事情和自己！”

翠郎少有地鼓起了腮帮子。表情总是很坦然的翠郎竟然有如此孩子气的一面，我第一次对他产生了些好感。但是，他说的那些话，我虽然能接受却不想遵从。可是，翠郎确实是我的救命恩人。这一点我感到苦恼。

“唔……唔嗯。”

“回答呢？说些什么啊！”

“呜呜……”

在我想到合适的回答之前，我的脸一下子红了，脱口而出。

“我不会叫你哥哥！不仅是你，我不会叫任何人哥哥！但、但是……”

“但是？”

“你给我洗可以哦……洗……洗发露。”

“啊，真的？”

“嗯，嗯……”

“哈哈，哈哈哈！”

“有什么好笑的！”

“因为二郎你满脸通红！简直是赤鬼！”

“吵、吵死啦！”

然后我全身缠满了绷带，生来第一次使用了洗发露。那是个非常舒服的，简直要让我睡着的东西。

唰啦唰啦唰啦。

“这个可是，出去的人偷偷带回来的东西哦？”

翠郎让我的头发充满泡沫，揉着头皮低声说。

“出去的人啊……”

在天狗之里，被视为力量不足的天狗会被流放到人间。然后在那里作为人类生活或是自杀，都由自己定夺。但是翠郎在我看不到的地方和那些天狗接触。

我现在知道了这件事情，本应该责备他吧。但是，也许是因为这神奇的洗发露，我完全无法生气。

“翠郎……”

“怎么了？”

我的头一边被他按摩一边思考。从今开始鞍马山的，我们天狗一族的未来发展道路。

“让雷兽活下去吧。”

“嗯？为什么？”

翠郎对我的决定感到惊讶，他揉搓着的手停了下来，走到了我的面前。我盯着他的眼睛，对他说了自己的真实想法。

“不把它放走，也不杀了它，把它关进石头牢里，在训练的时候使用。”

“为什么要做这么危险的事情？就连你都被伤成

了这样！”

“就是因此。”

我还很弱小。因此，比我还弱的人更是差得远。

我们天狗一族必须变得更强大。如果只是被一头妖兽呼来唤去，以后不知道会被怎样的敌人攻陷。如果那样，弱小的天狗的性命更是不保。

“到死……如果强大到让我们死，对于因为严酷训练叫苦连天的家伙很合适。因此……”

“这样啊……”

听到这句话的翠郎，轻轻地叹了一口气，握住了我的手。比起青筋暴突的我的手，他的手简直像是柔软的白鱼一样，彻骨寒冷。

“嗯？”

我将想说的话全都说出口，突然瞄到地上有花盛开。我记得我曾经见到过那万花筒一样的花，不由得开口说道。

“菖蒲啊……”

翠郎顺着我的视线看过去，露出了寂寞的微笑，回答说：“那被称为‘三色堇’。”

翠郎知道我没听说过的花的名字。难道说，参拜一郎哥哥的墓的人，是这家伙……？

“翠郎，我不会输给你，也不会输给任何人。无论你有怎样的理想，我会创造出一个不会有人白白牺牲的组织给你看。”

彻底排除弱者。我坚信这既是为了弱者，也是为了天狗一族。

“啊……但是，我也有理想。我一点都不想输给你。”

“这样啊……”

“是这样……”

我甚至还没有去问翠郎的理想是什么。因为我从最初就明白，我和他的理想完全不一样。虽然这样，但是翠郎嘲讽地补了一句。

“我对于能让这里更加美丽，感到乐在其中呢。

如果全都是你这样的家伙，我真是没办法呢。”

“你、你好意思说！”

我知道他在开玩笑，因此顺着他来了。

“如果全都是像你一样轻浮的家伙，会被高尾山和爱宕山的家伙嘲笑的！”

“呵呵呵……”

“哈哈！”

我们看着彼此，同时笑了出来。

“呵呵呵。啊，二郎，别让泡沫流掉。”

“哦，哦，这样啊。”

我不假思索地用手去触摸头，手指尖碰到了泡沫，液体从额头上流下。

“啊！眼睛！我的眼睛！”

突然，眼睛像是被手指插进去了一样，我发出了惨叫。

“啊啊！好了，用这个擦一擦。”

我用手帕擦拭着眼睛，视野还是有些模糊。洗发露这东西。

“快点洗掉吧。要站起来吗？”

“当然。”

我扶着翠郎的肩，走出了走廊。这里到取水的地方不远，不可能会有天狗看到这狼狈的光景。我一边想着这件事，风吹过了我的脸颊。我感到自己确实还活着。

“二郎，那个三色堇呢……”

翠郎一边支撑着比他大了一圈的我的身体，一边低声说。但是他的声音太小了，我没听清。

“嗯？花怎么了？”

“果然还是算了。”

“什么呀！”

“什么都没有！”

无论是我还是翠郎，现在都只是下一任僧正坊的候补者。但是这就可以了。和这家伙争斗，总归是几十年、几百年之后的事情。到那时候为止，作为朋友一起前行吧。

“无言为花。”

我身边的朋友微微地笑了。因此我也被引诱着笑了出来。

从那之后只过了一年。

对我来说……不，对我和翠郎来说都很讨厌的“僧正坊的孩子”诞生在了这座鞍马山……

不知为花

（小说　Haruka）

第三代僧正坊的孩子出生，这在鞍马山上上下下引发了不小的骚乱。要说为什么，僧正坊的亲生孩子毫无疑问是正正当当的继承人，至今为止不断扩散的，关于下一任僧正坊的争执……唉，虽然不过是风言风语，但是因为他，这些一下子全都被抹消掉了。

真寿郎。这就是那个孩子被赐予的名字。

一般而言，天狗的孩子在到八岁，被视作大人为止，要以“某某丸”这样的名字生活。但是，只有僧正坊的直系血脉会在出生的时候被赋予大人的名字“某某郎”，与周围划分开界限。这是一条既可以说好，也可以说不好的界限。

“怎么啦，真寿郎。靠自己还飞不起来？”

“虽说是僧正坊的孩子，但比起我们远远不如嘛。”

即便刚开始对真寿郎抱有敬意的天狗们，在经过五年的相处之后比较自己与他的实力，并且嘲弄他，开始显露出对他与生俱来的地位的嫉妒。正是在这种状况之下，绝不是靠身份可以弥补的地方，他们对小孩子说坏话，展露出轻蔑的态度。对此，我无论如何都看不下去。

“对小孩子别这样了。你们不感到羞愧吗？”

“翠郎哥！但是……”

“好了。来，真寿郎，到这边来。”

“……”

我伸出了手，真寿郎面无表情地用小手轻轻地握住了我的手指。

啊啊，啊。这孩子可真是可爱啊。

“你还好吗？”

“没关系。”

没有一个伙伴能够平等对待这个小孩子。没有朋友，日复一日地被严苛的训练所追赶的下一任僧正坊。

对于真寿郎而言，无论是因为被嫉妒而感到痛苦还是为了他所进行的严苛训练都一样，除了被虐待之外什么都感受不到。但是真寿郎总是在沉默之中等待着痛苦的时间过去。无论他被做了什么或被说了什么，这孩子只是默默地不断忍受。

“你没有勉强自己吧？”

“没关系。”

真寿郎紧紧地握着对他感到担心的我的手指，像重复咒语一样又说了一遍。口齿不清的尖细声音令人心痛。

“真寿郎……我看到那样子的你……”

“……”

怦然心动啊。虽然想要这么说出口，但我心想“不能说、不能说”，摇了摇头。因为这孩子的五官长得实在是非常端正漂亮。

带着黑色翅膀降临于世的，我的……不，我们天狗一族的天使大人。

“我给你吹笛子。坐在那儿吧。”

“嗯。”

我将真寿郎带到大岩石上，让他听我感到骄傲的笛声。这是从他出生的时候开始，代替摇篮曲在本殿外吹奏的曲子。

也许是因为脑海中还残留着那时的记忆，在我开始吹的时候真寿郎眯起了眼睛，慢慢地恢复了原有的表情。完全放松警惕的温柔的表情。知道他原本是怎样的一个人，恐怕也只有我一个吧。

啊啊！这优越感是怎么回事！

呜——呜——吱！

“翠郎哥？”

“啊呀……”

不好啦不好啦。笛子发出了奇怪的声音。终于，我凝视着真寿郎，呼吸变得不稳。

“翠郎哥哥，我，喜欢《云珠樱》。”

“这样啊，那我再给你吹一曲儿。”

“嗯！”

我一边吹奏着我的得意曲目《云珠樱》，一边回顾他被疏远的现况。

从来没有天狗想到过，掌管这座城的已是高龄的第三代僧正坊竟然能有亲生儿子。就是因此，大家坚信第四代僧正坊将会从现在拥有实力的天狗之中选出。但正在此时，真寿郎出生了。

可是，寻根究底，这个继承者有些小问题。

首先，他的身体既瘦小，又疾病缠身。

一般认为天狗的体格越大，身体越健康越好。对……一般而言，像二郎那样的公天狗是最受到赞誉的。

其次，他已经五岁了却还飞不起来。

天狗学会飞比会说话还早。可是这个真寿郎还没办法自由操纵翅膀，无法遂愿。

然后，他身上没有一点武术的才能。

让他手握剑或是学习体术，他没有一个能顺利学好。也许他只有斗争心，斜瞪着负责指导的教官，记不住学的动作或者对于身体的移动没有反应……总之完全不行。

就是这样的他，渐渐地被周围人看低，最后终于变成了怒气。就是这样的五年。

可是，不管他是多无能的孩子，终归是僧正坊的亲儿子。他穿着比其他天狗更好的衣服，每天有珍馐美味可以享用。大家都对这点感到不满吧。

一天天过去，真寿郎变成了天狗们眼中看不起的对象，虽然还是个小孩子却已经在这座山中被孤立。

可怜的真寿郎。明明还这么小，这么可爱。为什么大家都不能注意到他的可爱呢？我不能接受。啊，不，这不行。要是大家都注意到了他的可爱，在他心目中我的价值就会下降。嗯，因此现在这样就好啦。

“……”

“翠郎哥哥？”

“啊，对不起。刚才在想事儿。”

只要陷入沉思，就会放下手上在做的事情，这是我的不良习惯。

“马上该回去啦。”

虽然感到依依不舍，我一边那么说着一边抱起了真寿郎。然后……

“不要。”

我的衣服被他抓住，随之我的胸口一紧。他表达着不满。真……可爱。

“不想回去……”

“这样啊……那么，我去告诉教官，让他对你更温柔一点。”

“也会对二郎哥说吗？”

“啊？啊……是啊，我也会告诉二郎的。”

在这孩子出生的时候，我察觉到了二郎心中的想法，只对他什么都不说。

因为只有我知道二郎想要“排除掉弱者的理由”。

在他的哥哥一郎大人罹难的时候，我也非常吃惊。我作为鞍马天狗的一员，对一郎大人也心存敬畏。

然后我也曾经想过，下一任僧正坊会不会是一郎哥哥。

正是因此，在一段时间后二郎成为第四代僧正坊候补的时候，我发自内心地感到喜悦。虽然这么说，但是我竟然成了他的候补竞争者，这真是晴天霹雳。我从来没有想过要和二郎争斗。

因为我已经能够独当一面，我梦想着何时作为成为第四代僧正坊的二郎的左膀右臂，当他的参谋。可是现在真寿郎出生了，我的梦想也……

“走啦。”

“啊，啊，是啊。走吧。”

不知何时真寿郎的手从我的衣服上放开了。虽然他还小，但是我觉得可以看到他像大人一样的眼神。

肯定从今往后会越来越好。他过不久就也能飞起来，如果僧正坊的血脉觉醒，他也理应会成为武艺高强的天狗。因此，再稍微忍耐会儿吧。

可是，事情没有按照预想之中发展……

“你啊，还算是鞍马山的天狗吗？”

从那天早上开始，大殿的庭院中就开始回荡着二郎粗犷的声音。

啊、啊……好听的声音。

那在腹中震颤的重低音，我实在是喜欢得不得了……虽这么说，可我不想在天还没亮的时候就听到怒吼声，和怒吼声一同响起的噼里啪啦的鞭子声，还有铿锵的木刀撞击声，这些声音混合在一起，所以我没在开玩笑。

我心想又这样，便立刻从睡觉的地方起身向外走。

哗啦——

“啊呜……呜……”

我刚到庭院的时候，就看到真寿郎重重地摔倒在白色碎石上。脸被蹭破，手和脚上也有被打之后留下的无数痕迹。

被称为清晨训练的公开责罚。庭院里呈现的就是这样一番景象。

正中央是二郎和真寿郎，一大群天狗水泄不通地围成了一个大圈，简直像是防止真寿郎逃出来一样。

“站起来！用你的剑打我的头！”

“呜呜……呜……”

面对像鬼一样怒吼着的二郎，真寿郎只能低声呻吟，他已经连站起来的力气都没有了。

为什么要做这么过分的事……虽然我这么想，但是二郎不。从四周抱着双手看热闹的天狗们脸上也能看出来。无论是谁都挂着轻蔑的微笑，想着真寿郎肯定站不起来。他们都这么想，而且甚至认为把真寿郎打趴下更好。他们之中甚至有这样无情的脸。

“大清早就吵吵闹闹的。够了，去那边吧！”

我拨开那些身强力壮的天狗们，走了进去。

“教育并不是只有严苛的要求。”

我一边说，一边站在倒下的真寿郎前面挡住他，二郎的眉梢挑得更高了。

“翠郎！别给我添麻烦！”

二郎的声音震得我鼓膜隆隆作响。这声音像太鼓声一样传到我的身体内部，一阵舒服的震颤。啊……这低音真棒。

“呵呵。”

“有什么好笑！”

“没什么。好了，和我走吧，真寿郎。”

我将比同龄人身体更瘦小的真寿郎抱起来，将黏在他身上的砂砾用手掸掉。

“你这——”

二郎气得太阳穴青筋暴突。再加上那通红的脸……简直像鬼一样可爱。

无论是谁。当然，我虽然没有对二郎本人说过，但是我很喜欢他生气的样子。双眼圆睁、粗眉倒竖、龇牙咧嘴的表情。这真的是太棒了，正是因此，我经常惹二郎生气。虽然这么做不好，但是我也没办法。因为……这就是我。

“呵呵呵呵……”

我为自己奇怪的想法兀自笑了起来，急急忙忙地拉起真寿郎的手便要离开。

“别觉得这就了结了，真寿郎……呜啊啊啊啊！下一个是你！放马过来！”

“啊？！我、我？”

“看招！”

“哎呀！”

我听到背后传来了代替真寿郎承受二郎怒火的，不知是谁的声音。真是不好意思，但是没办法。认真练习然后变得更强吧。

“疼吗？”

“还好……”

我在河流边为真寿郎清洗伤口，看不到他流出一滴眼泪。他紧咬着嘴唇，真是惹人疼爱的孩子。

“稍微休息一下吧。”

“嗯……”

哗啦哗啦的流水声带来凉爽的春风，树木温柔地遮挡着阳光，为真寿郎带去抚慰。也许因此，他难得说出了真心话。

“为什么我要作为僧正坊的儿子来到世上呢……”

“很痛苦吗？”

“……”

真寿郎听到我的疑问，垂下双眼。我看着他的脸，意识到他并没有感到练习的痛苦和伤口的疼痛，一时不知该说什么。

真寿郎也被同年龄的天狗们排挤，这可怜的孩子除了我之外不会对任何人敞开心扉。

即便他被给予了优良血统、好衣服和美味的食物，但是没有感受到过他人的温柔的孩子，是多么可怜啊。我看着这孩子，我、我……在感受到切肤之痛的同时，也不由得感谢上苍。

要说为什么，这有谁能够想象吗？因为这孩子对我敞开心扉，我感到了无上的满足感和幸福感。

“大家呢，都只是期待着你呢。”

“我不想被期待。我要是和大家一样就好了。”

这是事实吧。但是，这也是无可奈何的事情。孩子无法选择父母，天狗的孩子作为人类的孩子出生、，人的孩子作为天狗出生，真寿郎不作为僧正坊的孩子出生，这都是事情发生后不可能实现的愿望。

“大家都这么说，‘只有真寿郎被特别对待’。”

“是的……但是，这不是你的错，是大人们的错。特别对待你的是周围的人。”

我也一样。特别对待着他。虽然和其他人的理由不一样，但正因为我特别爱护真寿郎，反倒使得这孩子更被嫉妒，我非常明白这一点。可是，这么说来虽然有语病，但是对我来说这再好不过……

整理如下：

一、真寿郎被严苛对待。

二、我爱护真寿郎。

三、二郎生气了。

四、被二郎迁怒的家伙将迁怒于真寿郎。

五、我会更加爱护真寿郎。

六、二郎会更生气，周围的人会更加厌恶真寿郎，对真寿郎而言他只有我。

就像无论是谁都想独占美味的诱饵，我也想要独占可爱的真寿郎。因此按照这个计划，我也可以更频繁地看到生气的二郎，可谓一本万利。我为自己的智慧计谋感到自负。呵呵……

“啊呀……”

我正因自己蛮不讲理的想法感到欢欣雀跃，眼前掠过了不同于土和树木的颜色。

定睛一看，是在杂草丛中悄悄盛开的三色堇。

“在这里也开着啊……”

这是我为一郎哥哥上供时用的花。不知何时开始，每年这种花盛开时我肯定会采摘它，带去墓前。从第几年的时候开始，二郎才注意到我的存在呢？

“花？”

真寿郎顺着我的视线望去，看到了优雅的白色花瓣。

“是啊。漂亮吧。”

“嗯……”

但是真寿郎似乎像其他的天狗一样，看上去对花和蝴蝶没有什么兴趣。因此就算是我也没有兴趣对他进行详细说明，他也会像绝大多数大人一样，说出了敷衍的话。

“虽然花蕴含着各种各样的含义，但是对你来说还太早了吧……”

以后告诉他吧。告诉这个孩子，还有二郎，一年之中只有三月绽放的这种花所蕴含的含义。

“翠郎哥！”

“怎么了？”

我听到真寿郎突然奶声奶气地叫我。

当我在深思的同时，真寿郎似乎也在想着什么。

他难得地露出了睁大闪闪发光的双眼的表情。

“我想到了一个好计策！”

“好计策？”

唔……嗯，这样的笑脸虽然很好，但是我个人更喜欢略带忧愁，将要哭出来的表情……这么想的我真是任性啊。

“好计策是什么啊？”

“保密！”

“嗯，保密。”

可是，这样的对话让我产生了这孩子是自己的孩子的错觉。

因为我是天狗所以有很多弟弟，可是我没有亲兄弟，也还没有孩子。要是我有了亲生儿子，会有这样的心情吧。

这么说来……僧正坊忍耐着这样的思念，离开我们生活，并且将教育真寿郎的任务交给我们？我怎么都做不到。果然，我和处于优位的领导者不同。

我对僧正坊平添一分敬意，此时我注意到真寿郎不知何时站了起来。

“翠郎哥，我回去训练了。”

“真厉害。”

“因为要是我不回去的话，翠郎哥哥会被二郎哥哥骂。”

“啊啊，嗯……对不起啊。”

这很好啊，真寿郎。可是你不关照我更好。虽然这是你还小，不明白的事情，但是对我而言……我好想被二郎责骂啊。因为这样就可以看到二郎生气的脸啦！

要是有一天能够被他那样责骂，心情不知该会有多好啊。

就在那天夜里，我明白了真寿郎所说的“好计策”。

“从今天开始在大房间睡觉。”

真寿郎一边这么说，一边把他的被褥带到了小杂兵们住的大房间。

“哥哥们，今后也请多关照。”

面对着认真地低下头的真寿郎，包括我在内周围的人都哈哈大笑。但是，那只是一会儿的事情。

“干什么傻事儿呢！”

“别开玩笑！”

“是来亲身体验下级的待遇的……少爷？”

看着这些一边怒骂，一边嘲笑的人，我……

“这是……”

我感到有些不妙，走出了大房间。对我而言这虽是开心的事，但是无论如何拥有高贵身份的真寿郎不应被允许和我们住在一起吧。询问一下上层的意见，之后尊重真寿郎的选择就好了……

“干什么傻事儿呢！”

虽然已经是夜晚，但是不假思索来到本殿的我的耳中又听到和刚才一样的话。

“僧正坊的孩子居然要和那群杂兵睡在一起！”

“是，但是……”

真寿郎原本心想要是自己和其他人一样的话就会被他们接纳了。他认为如果自己不再特别，如果自己和其他人一样，自己也能够成为伙伴。

虽然我打算向他们好好地传达这一点，但是在那里的年长者中负责管理床铺的天狗插了句嘴。

“这么说来，晚饭之前也有这样的事情！”

那时真寿郎因为穿着普通的衣服而被训斥，他反驳道：“大家都穿着一样的衣服。我明明不如大家，只有衣服比他们好，这简直是小丑。”

“所以我说过啦！既有衣服的事情，现在又有这出。不要惯着他！”

秃头男人得意地说道。我似乎在哪里见过他吧……算了，怎么都好。我诚恳谨慎地向长老们进言。

“可是，作为僧正坊的孩子，承担的压力无法计算，如何是好？有时发点小脾气也挺好。而且，真寿郎的地位比我们之中任何一个人都要高。因此在这之前这种事情就算不经过许可，我们感到不满也不能怪罪他。”

“你、你说什么！”

“不……唉，怎么说呢。孩子做的事情。他立刻就会厌烦，会开始说像原来一样就好了。”

“虽然是这样……”

年长者们明白真寿郎的地位处于他们之上。可是他现在还小，还不成熟，无论是力量还是地位都还没有办法立刻和他们一决胜负。真寿郎是渐渐成长的天神。另一方的老人们是渐渐衰老的下沉的泥船。

真的是太愚蠢了。如果一开始就想巴结未来的掌权者，明明可以从一开始就看穿这一点然后行动，只给他留面子就好。

“啊？！那、那意思就是允许他这么做？”

虽然只是个佣人，但是那个秃头男人不知为什么突然狂叫。

“所以，我才如此提议！”

“是，是……”

也许是想要早点回床上睡觉，干部中的一个公天狗突然开始训斥那个男人。即便如此也不能接受吗？这个家伙不管对什么事情都要表达不满。

“所以说……唉。你这家伙真的认为这样合适吗？”

“你这家伙……这个称呼我不能充耳不闻。你是谁？”

我在青年组之中，面子算是仅次于二郎。将我成为“你这家伙”，究竟有什么企图……我只是这么想。

“啊？！我啊！幼年组的教官！”

“啊？”

虽然我绝对不是健忘的人，但是就算他告诉我他的职位我也想不起来他是谁。他对着歪着头的我，继续纠缠不休地说着。

“你记得吧？！在你还小的时候，我可是给你教了不少呢？”

“请不要说那些让人感到刺耳的话。”

“啊？”

“嗯。”

“啊？”

我听到了他那像鸡叫一样高昂的声音，大脑终于成功地回想起了关于他的一点点信息。

“我想起来了。”

“真的？！”

“刚才失礼了，你是下郎哥吧。”

“是外郎！”

我终究还是搞错了，光头表现得怒气冲冲。实在是太令人厌烦，我就那么丢下他回去了。我我放心不下留在那里的真寿郎……我一边心想着这些，结果在大房间果然发生了争执。

“我的……”

“哦，真寿郎大人。您从厕所游玩回来了啊。感谢您去了这么久。”

天狗们躺在被窝里，嘲弄着站在一旁的真寿郎。

“我的被子不见了！”

“原来在那里的是你的被子啊，一股小孩的奶臭味，扔啦！”

“回自己的房间，睡在榻榻米上怎么样啊？”

无情的举动和话语，周围的人却“哈哈哈哈”开心地笑着。

训斥这些不知廉耻的家伙很简单。但是这不是我的性格。我能够做的，不是去惩罚那些笨蛋……

“过来吧，真寿郎。到我的被子里一起睡吧。”

此时正是我应当向可怜的真寿郎伸出援手的时候。

我拿起被子邀请真寿郎过来，他的脸颊一瞬间泛起了红晕，静静地趴在地上，向我的被子爬来。

“翠郎哥！你太惯着他了！”

“要是有意见，就不给你们洗头了。”

“啊！”众人高呼。

“有什么不满？安静点睡觉去吧。”

“好……”

因为我用这样的方式庇护真寿郎，那群笨蛋连能说的话都没有了。

呵呵。我很明白。你们之中有非常羡慕真寿郎的人，但是我怎么可能会让你们进我的被窝呢？坏心眼的你们接受惩罚更好。

“翠郎哥，对不起……”

“没关系，好好休息吧。”

内心打着小算盘的我一言不发，挂着像菩萨一样的笑容，温柔地将缩成一团的小小身体拥入怀中。

啊、啊。这多么柔软啊。轻抚脸颊，他的皮肤的柔滑触感令我惊讶，想一直摸下去。我靠近他的脸，闻到了小孩身上特有的甜香味。

“翠郎哥，好温暖……”

“你也很温暖哦，真寿郎……”

简直是至高无上的幸福。现在，我的怀中抱着又小又柔软又甜美的人。

不知为何我的心脏咚咚作响。要是声音这么吵，真寿郎恐怕会睡不着的呀。嗯嗯，虽然我也睡不着……不不，我不睡不行啦。要是早上起不来，就无法思考很多事情。思考吧，各种各样的事情。明天干部们的想法可能会变，可能会把这个孩子带回去吧。

那么，就这样了。该想什么呢？我的头脑和心要开始进行准备了。就在此时从走廊传来了沉重慌乱的脚步声。

咚咚咚咚！

“二郎，在这里！真寿郎在大房间里！”

我听出来了刚才那个男人的高亢的声音，还有二郎的脚步声。

那个秃头，故意去告诉他了吗？

唰啦——

二郎毫不犹豫地推开了拉门，拉门被扯开，倒在一旁。他大步走进正要睡觉的天狗群中，无论是谁都“哇啊”地高声悲鸣，立刻站了起来。其中也有真的飞起来的，咚地撞到了天花板上。

“真寿郎，你这家伙在哪儿？！”

二郎高声怒吼，声音浑厚。但是我想要早点睡觉，所以并不想听。我站起身来，看到周围的所有人都铁青着脸。

二郎完全没有在意其他人脸上的表情，只怀着对真寿郎的愤怒，径直向他走去。

“你这么大了，还有恋母癖吗？”

“母亲？！”

砰——

简直像是远处传来了猎人的枪声。这是怎么了？

啊啊……听到了他无意中说出的话，我的心仿佛正中一箭。然后，一种令我全身麻痹一般的感情突然袭来。

“我、我是真寿郎的妈妈？”

“不、抱歉啊。我不是想贬低你。”

“说我是……妈妈？”

“好啦，我没说你！”

为什么……为什么这么棒。我虽然曾经想象过真寿郎是自己的孩子，但是从来没有想象过自己是他的“妈妈”。这本身即是不可能实现的事情，但是我却模拟体验了这样的感觉！

“喂，你在听吗？”

“嗯，嗯……”

“你呆住了吗，翠郎！”

原来如此。我的这样的想法，原来就是母性本能啊。我的内心深处有一股暖流涌上心头。

包括我在内的天狗在内，都不知道妈妈是谁。虽然是妈妈将我们生出来的，但是在眼睛还没睁开的时候，她们就被禁止进入这座山里，然后就这样长大……因此我直到刚才在注意到自己的这份感情究竟是什么。我在不知不觉中竟然被二郎告知了这一点。

“原……原来是……这样。”

充满我的内心无法抑制的母性。母、性。

我以像母亲一样的心情庇护真寿郎、疼爱真寿郎、抚慰真寿郎、关爱真寿郎、抚摸真寿郎……

“不要啊！翠郎哥哥！翠郎哥——”

回过神来，真寿郎即将被青年组的天狗带走，他奋力紧捉着我的手臂。他露出依依不舍的表情，脸庞因为悲伤而扭曲，真是可怜……啊，充满了魅力。

“啊……嘿嘿嘿嘿嘿嘿……”

“二郎哥！翠郎哥很奇怪啊！”

“那种笨蛋，不用管！”

冷淡的二郎就这样对我不管不顾，再次咚咚地踏着地板，从走廊离开了。

“真过分啊……”

在这座山里被称为智者的我，被他以“笨蛋”相称，这可是头一回。

二郎生气的表情虽然很棒，但是一年最多见到一次的笑脸也很棒。直到真寿郎出生之前，我曾和他有过几次真正的交流。但是最近，他甚至不向我搭话，连笑容都没有了。难以原谅的人。

“翠郎哥！您没事儿吧？”

“啊，你明白吗？”

“啊？明白什么？”

“深爱着却又无比憎恨、全身发抖到牙痒痒的心情。”

“啊……嗯。嗯？”

虽然我记得有谁向我搭话，我也回答他，但是说了什么完全不记得。大家都以为我因为受到了过度惊吓变成了这样。但是，并非如此。

好了，二郎。你要是如此不想和我打交道，那我也不会手下留情。不只是你，也不会对其他人这样。我就是我，我要为所欲为地疼爱真寿郎。

“呵呵……呵呵呵呵……”

“翠、翠郎，你笑什么呢？”

又有人注意到我，向我搭话。果然，如果做出比这更激动的举动就不好了。我这么想着，抬起头看见了一个让我无比灰心丧气的人。

“是外郎哥啊。怎么了。”

“怎么了是怎么了啊？”

二郎明明已经走了，可是这人还一直在这里吧。

“你怎么样都好。”

“啊，怎么了？”

“希望你可以尽快从我的视野里消失。拜托了。”

“啊？啊？！”

我没有闲暇和这个故意剃秃的人搭话。看丑陋的东西，会降低眼睛的耐久度。

“唉……”

我的双唇自然地发出一声叹息。

从第二天开始，我毫不客气地开始疼爱真寿郎。

对，就像过度保护孩子的妈妈那样。

有时……

“看招！明明不准真寿郎吃饭，给他带饭来的是谁啊！”

是我。

我一边听着二郎的怒吼声，一边在柱子的阴影里偷笑。不让正在发育期的孩子吃饭，这么过分的事情怎么能容忍呢？

“要保密哦……”

“嗯……保密……”

我就像这样和真寿郎用眼神交流。无比愉快。

然后，又到了飞行训练的时候……

“二郎哥！真寿郎飞起来了！”

“啊？！不对。浑蛋！是谁用妖力让你飘起来的！”

是我。

二郎嘲弄真寿郎说他“飞不起来”，还将这句话挂在嘴边，我记得很清楚。因为二郎特别唠叨，所以真寿郎紧张地缩起了自己的翅膀。真可怜。

“哇，哇啊……”

“呵呵呵呵……”

真寿郎不得已地在空中挥动着自己的手脚。我从下面眺望，感到有点幸福。

还有练习剑术的时候……

“就算只有一次也行，向我打过来啊——”

“那我就……”

“翠郎？！”

无论是剑术还是武术，二郎明明在几年前就知道我不擅长这些方面，却忘记了这一点，他真坏。所以，我又想起了那天自己的心情，我代替真寿郎拿起了剑。

“如果你那么想打真寿郎，那么打我吧。”

“你、你说什么呢！”

“哇啊啊！二郎哥发怒了！”

不知为何，二郎双手拿着木刀，并没有追我，反而追着所有人打。

无论我怎样激怒他，他也绝对不会伤害我。因此我有些高兴，却也有些寂寞。

二郎曾经被我救过一命，他欠我人情。那次雷兽骚动之后，他变得开始如此关心我，我有些高兴。但是已经过去了一段时间，我想将被称为“回避”的屏风撤掉，等得不耐烦。

因此我做出奇怪的举动，也是一个劲儿地想要将这样的雾霾消除……就算不说也不会消除。

唉，说实话，我是个无法控制自己的情感的、不成熟的人。而且，这种假装没有往来的日子，简直像重新拥有孩童之心一般愉快。就是这样。

“可恶……只要没有真寿郎……”

那是，不知是谁的坏话随着风飘到了我的耳中。既然我可以听到，那么真寿郎也听得见吧。

“唔。”

可是真寿郎坚强地咬着下唇，拼了命地强忍住即将溢出的泪水。

“可怜的真寿郎……”

我立刻蹲下来，望着他的脸。然后……

“翠郎，都是你的错！”

“啊……”

不知道什么时候，气得发抖的二郎站在了我的正后方。他并不是因为兴奋，而是不能对我施暴……他满脸通红。真可爱。

“你知道吗，都是因为你溺爱他，他才一直不能和其他人打成一片……”

“呵呵……”

二郎说出了他的歪理，这说明他也在关心真寿郎。我本以为他已经飞到了其他地方，但是如果我和这孩子两个人在一起，他不知何时就会立刻回来。他肯定在嫉妒我。

“哪里奇怪了……”

“二郎太固执啦。”

我故意不看他，拉起真寿郎的手，满脸笑容地说：“好啦，真寿郎。现在我给你洗头发！”

“唔啊啊啊……”

如果二郎无法对真寿郎温柔相待，那我也不会给二郎洗头。我绝对不会给他洗第二次。

在我的身后又响起了巨大的狂暴的声音，但是我并没有介意，带着真寿郎走向睡觉的地方的另一边。

“翠郎哥哥，看上去很高兴呢……”

“是啊，真寿郎。因为你来到了这座山，我每天都高兴得不得了呢。”

“这么说的……只有翠郎哥一个。大家都……讨厌我。”

我本想说不是这样，但是没说出口。因为我看见真寿郎的眼睛里流出了一颗颗泪珠。

我本应该安慰他，但却做不到。因为……我还想多看一看真寿郎的珍珠一样的泪。虽然我不打算强迫他，但是如果他能够做到的话，我想看他一边低吟一边哭泣的样子。肯定……无比可爱吧。

可是，真寿郎没有遵从邪恶的我的心愿，反而坚强地用手擦干泪水，直直地望向天空。

“可是，我不会输……”

“啊……这样……”

这儿也有个倔强的家伙。他们都不很真诚，莫非都是我的错？

无论如何都不要矜持嘛。还有一年，不，半年吧。可能会更早。如果真寿郎自立了，这样的每一天就会立刻终结。

希望这样的日常能够持续到永远……

可是，无论我做什么抑或什么都不做，日子还是一天天过去。

对于寿命长的天狗而言，一年、两年只是转瞬之间。从那开始七年转瞬即逝，真寿郎成为了十二岁的成年者。

“翠郎哥。我想让翠郎哥成为第四代。”

在我和他经常休息的大石头旁边，尚未成为青年，但已经不是少年的真寿郎微笑着说。

被即将成为第四代僧正坊的他如此评价，简直是承担不起的光荣。

“为什么？”

“因为翠郎哥哥很漂亮。”

“这……”

啊、啊……好开心。

我每天早晚都必须要将梳子插进头发。可是，如果我此时不冷静地回答，真寿郎也快到能分得清事情的年纪了，恐怕会让他产生误解。

“让我成为第四代，真寿郎可是说了奇怪的话啊。”

“我是真心这么说的。哥哥是这座山里飞得最快的，也擅长吹笛子。”

他还是无法摆脱天真烂漫的孩子气。即便如此也似乎没有什么能够让他更有男子气概的方法。我如果更年轻一点，自己的美貌恐怕会让他成为俘虏。

我想告诉真寿郎，真正漂亮的可是他自己哦？而且我飞得也不快。二郎飞得比我快多了。因此，我真正能够算是第一的，肯定只有笛子了。

“比起那个……你啊。又被二郎打了吗？”

我看到真寿郎的手臂上有无数血痕。可是，我关心真寿郎，他却嗖地将手臂藏起来，故意板着脸，说：“我太弱了，这是我的责任。”

大家近年来对真寿郎的非难越来越猛烈。但是这肯定不仅是我的错。

这个孩子的身体和翅膀都长得很大了，可是到现在还不能依靠自己的力气飞起来。

在僧正坊面前当然不会有人直接说出口，但是如果是一般情况，他已经到了该被流放到人间的年龄了。

真寿郎在这座山被自己的兄弟们追赶，负责指导他的人被上层训斥说指导能力不足，这些已经多得不像样。这些天狗之中果然也开始传出了第四代的地位应该由我和二郎争夺之类的消息。真寿郎认为第四代应该由我来担任，可能是因为他听到了那些话。

对我而言僧正坊的职位，我远远不能胜任。但是，二郎他……他的想法是怎样的呢？这么想来，我在真寿郎满十岁之后就完全没有和二郎再说过话了。

因为我害怕。不知何时自己的宝物会被夺走，我害怕这在某天会突然发生。

二郎现在看到我，既不会怒吼也不会生气了。他对我什么都不会做，他只会凶狠地瞟我一眼，脸上挂着轻视我的表情。这最不同于我想见到的二郎的表情，甚至可以说是我最厌恶的表情。

“我为你吹奏一曲吧。你喜欢的《云珠樱》。”

为了消除不安，我开始吹奏起音乐。如果笛声可以净化一切就好了……

“翠郎哥，那朵花……”

“嗯？”

真寿郎指着的地面上，有三色堇盛开。这个季节再次来临，我陷入了忧郁。

仔细看看这朵花，我切身体会到一年又过去了。我明明想要让时间停止。

“要不要去摘它啊……”

我有些懒得去摘，即便如此我每年也会摘它，然后一如既往将它供在一郎哥哥的墓前。这不是为了一郎，也不是为了二郎。而是为了我自己。

“你能帮我吗？”

我问真寿郎。

“嗯，摘花？”

“呵呵，好吧。你先回去吧。”

他确实像个小伙子一样，不喜欢花的真寿郎对我微笑着。

我目送着他离开的背影，叹了口气，然后转向三色堇。

“虽然我觉得已经没必要了……”

我想起来自己开始摘这花时的小心思，嘴角不由地泛起微笑。同时，也感受到了未曾感受到的气息。

“谁啊！”

喀吵喀吵！

我用笛子将从草丛里飞出来的东西打飞。

它撞击在岩石上，发出叽、啾的奇妙声音，然后像一阵黑烟一样消散了。

它消失时的样子深深地烙在我的双眼中。那是“秽”吗？

“难道……”

当我们天狗的力量衰弱，秽便会抬起头。

天狗一族可以说是为了抑制住涌向这座山的秽而存在于这个世界。我们保卫这座山，依靠这座清净的山赐予我们力量，然后继续生存下去。我们天狗就是不断重复着这样的行为的生物。

现在，已经十几年没有看到过的秽再度出现，这意味着……

“不要啊。不想想象……”

喀吵喀吵……喀吵喀……

我本想不管它，但是不能容忍它。草丛中，无数的秽正在窸窸窣窣地扭动……

“二郎！快叫二郎来！他在哪儿？”

为了清除成群的秽，我急忙回去，毫不犹豫地呼唤着二郎的名字。

天狗们意识到我的样子不同寻常，立刻去找二郎来……我虽那么想，但是不知为什么他们只在原地跺脚。

“你们干什么呢！”

“啊呀！那个，你啊！”

尖锐的声音。我过了会儿才意识到是那个秃子。

“怎么了！快点来啊，下郎哥！”

“是外郎！”

“快说发生了什么！”

我高声说话，这是我有生以来第三次吧。

“不，那个，现在，二郎把真寿郎抱起来……”

“啊？”

“二郎把……”

“啊？”

“真寿郎……”

“啊？！”

“抱起来……”

“啊？！”

“抱着……”

“啊？！”

抱起来？！抱着？！二郎？！真寿郎？！

“骗人！”

“真的！”

“不要啊！”

“啊？！”

撒谎撒谎撒谎撒谎。不要啊。这是怎么回事……？！

我冷静下来，心想一定要分析一下自己为何如此不稳定，不断深呼吸。必须要以逻辑来思考。

一、二郎抱起了真寿郎。

二、二郎抱着真寿郎。

三、真寿郎被二郎抱起来。

四、真寿郎被二郎抱着。

“不要啊——”

“啊？！”

不对不对不对。不是这样的吧。我。请认真思考。好的。

一、二郎把真寿郎抱起来，抱着他。

二、因为我曾经抱过真寿郎所以并不羡慕他。

三、真寿郎抱着二郎。

四、我没有抱过二郎所以羡慕他。

五、他们突然这么亲密，关系可能会越来越好。

“就是这个！”

“呀啊啊啊？！”

真寿郎真狡猾啊真狡猾。我也想要抱着二郎是也……啊？因为不稳定，思考和脑内的语气都不对劲了。

可是，为什么二郎要抱真寿郎？

“下郎哥，他们去哪儿了？”

“他们啊……喂，我是外郎！”

“什么都行。你的名字，什、么、都、行！”

“好、好……”

对于经过一番曲折才明白的事实，我对于自己被情感所困而感到后悔。

——二郎带着真寿郎，去了雷兽的巢穴。

“已经十二岁了还不会飞，都是因为你的锻炼还不够！”

“我……我没有才能啊！”

“不！都是因为你一直向翠郎撒娇！过来，让我好好锻炼你！”

“不要啊！二郎哥……”

“你身上的僧正坊的血脉如果没有觉醒，就没有办法抑制住秽了。要是不早点觉醒，我们一族、连带着鞍马山都会被魔物吞噬！好了，进这个洞。如果不快点用自己的翅膀飞出来，就会被里面的雷兽杀了哦。好了，快、快、快！”

“为什么，你……”

当我醒过来时，不知为何二郎和真寿郎束手无策地俯视着我。为什么有一股烤焦了的味道……

啊，对了。我想起来了。这么说来，我听说二郎抱着真寿郎，去了关着雷兽的洞穴。因此……因此我……

“啊。”

我不知道自己拥有正当理由，或者那只是借口。即便想开口说话，但是据说我的身体被那匹不祥的野兽用雷击贯穿，喉咙只能发出单一的声音。

我……究竟怎么了？

吱吱嘎嘎……噗……

“别动！翠郎，不要动！”

翅膀无法遵循意志挥动。既没有痛觉，也没有感觉。我只听到了被烧焦的羽毛被剥裂的，令人厌恶的声音。

这是，我的翅膀的声音？我想要询问。

“哦……哦……”

“你……你……都是你们的错！”

突然，“哇——”一般的怒吼声响起，无数见过的天狗都涌进了岩洞之中。一瞬间，我看到二郎想要抓住真寿郎，然后数不清的天狗前来阻止。

啊……真寿郎在哭。

啊……二郎在生气。

啊，啊。他们都……好可爱。但是很可惜，大家请阻止他们。虽然我想看到两人在一起，但是……我的意识已经……

“真寿郎……那朵花……花语……”

“翠郎哥？！翠郎哥！”

“那个……是……‘我承认你’……”

与菖蒲相似的、三色堇。你们有被人承认过吗？我呢……啊……不行了。各种各样的事情逼着我……

被巨大雷击攻击的我……某种意味上，在那里死了。

我再次睁开眼睛的时候，真寿郎的身影已经从鞍马山消失了。

“真寿郎……真寿郎啊！”

那个孩子不在了。已经无法再疼爱他了。没有比这更令我想要叹息的理由。

可是，想来这全都是我惹来的坏事。这是对我坏心眼的报复，像我邪恶地对待天狗们一样，我也因为邪恶的想法而被报复。

泪水……流不出来。我已经飞不起来了。总之要是被流放到下界，为什么不让等待着我苏醒的真寿郎和我一起呢？

“他已经可以飞起来了……”

我已经无法从床上起身，在我的床边站着包括二郎在内的一群干部和干部候补。对已经无法飞起来的我说“飞起来”，这有什么居心啊。

“二郎，怎么了。翠郎已经……”

“秃子闭嘴！”

“是、是……”

“让翠郎继续待在这座山。他是无能的真寿郎的牺牲者，可以当个好例子。大家都不要忘了，同情弱者会带来怎样的后果！现在无论是僧正坊还是稳健派都无话可说了！翠郎怠慢对待真寿郎，结果就是这个样子！今后由我来掌管这座山！无论是谁都没有意见！”

……二郎没有流放我，反而一直保护我？啊……我还是死了好。

“呜……呜呜呜……”

“啊，翠郎？怎么了？”

真是的，为什么秃子要占满我的视野啊。好烦、好烦。

“啊，稍等。离开吧，下郎。我看不见二郎的脸了。”

“名字错了啊！而且没有敬称？！”

平时像鬼、像阎王一样的二郎确实没有办法训斥身负重伤的我。真是遗憾，要是能看到他稀有的表情真是幸运。

“二郎……你是什么时候注意到有‘秽’的？”

我终于明白了二郎将真寿郎带去雷兽洞穴的理由，对自己的无能感到羞耻。在我溺爱真寿郎之前，他就注意到了这座山的不祥变化吧。因此，为了让下一任僧正坊能够早点独当一面，他便下了那样乱来的赌注。

“那种事情怎么都行，你早点康复啊。”

“康复……”

烧焦的翅膀不可能恢复，它并不像掉了还能长出来的乳牙。

“我……已经不行了。这座山……二郎的……我不会派上用场。”

“你……你只给我洗头就足够了！”

“啊……”

“就算你不给哥哥献花，我也认同你。不要假装聪明模仿我！”

“嗯。”

最后我想要告诉真寿郎的花语，二郎也听到了吗？

对于不知道的天狗而言，我是个失去了一切的，可怜的怪人吧。但是，我没有他们想的那么不幸。

因为，即便我失去了翅膀，可我还有智慧。而且我还有双手。

我用着双手为二郎洗头的时候，他一定会这么说：“呼，真爽！”

他摇着一头短发，甩落水滴的样子，比每天都能看到的生气的脸可爱不知多少倍。

因此，我的心情比他被洗头时的心情爽快许多倍。

“不要再有第二个真寿郎了！”

“嗯，不会再有了。因为我不会再想要保护任何人了……”

我和二郎搭档会更好。

虽然没有成功，但是保护真寿郎的我和锻炼真寿郎的二郎，终究拥有相同的目标。

我像母鸟一样温柔地守护真寿郎，二郎像公狮子一样锻炼真寿郎。无论哪边都没有错，如果我们能够再近一点。

这是针锋相对的比翼连理。既奇妙又温暖心灵。

这就是我们。

还有，可爱的真寿郎……

被我和二郎这样不成熟的家伙抚育的你啊。现在在哪里做什么呢？

我在这座山里祈愿将来可以看到你用漂亮的翅膀在天空中飞翔的姿态。

啊、啊。这可能就是所谓母亲的心吧……

砰——咚！

思念着你的、我的心，像是被猎人用炮攻击了一样呢……

再度告白

（小说　子安秀明）

一

那是……

奈奈生他们刚从天狗们的山里回来没多久，连年份都没有变的时候发生的事。

秋季将要结束的时节，染上秋色的山上的树叶纷纷落下，让看到它们的人不知为何感受到忧郁。

就在这样的氛围中，奈奈生在御景神社的起居室里发呆。

“奈奈生，怎么了？”

与她一起喝着茶的姬美子奇怪地问她。

姬美子是御景神社附近的多多良沼的主人，被称为沼皇女。虽然如此，但是现在有人类的姿态，并用着“姬美子”这个名字。

她是身为土地神的奈奈生的朋友。

奈奈生刚刚从天狗居住的鞍马山回来。

姬美子为了确认她安全无事，并且有“某件事”想要拜托她而来到了御景神社，但是……

“看招，奈奈生！”

“哇！”

姬美子露出张牙舞爪的表情，奈奈生吓得向后仰。

“怎么了，一副心不在焉的样子。我可是好不容易来这里，想和你聊重要的事情呢。”

“抱歉，我在想其他事情……”

奈奈生整理了一下坐姿，问：“怎么了？重要的事情是什么？”

“就是那个……”

姬美子难为情地用手捂住了脸颊。

“真的要我说出口吗？真不好意思呢……”

“什么什么？是秘密吗？告诉我啊！”

“这样啊……这么想听吗？既然你这么说，那我告诉奈奈生也没关系吧。”

姬美子一边说着，一边整理好坐姿。

“其实呢……我……我在考虑和小太郎结婚！”

“啊？！”

惊讶的喊声在起居室里回荡。

“嗯、嗯，什么时候，什么时候？什么时候突然这样了？！”

“就是从现在开始。”

“啊？”

“从现在开始……那样的事情……我也想告诉小太郎，我就这么想着……”

姬美子害羞地说着，紧张地将手指交叉在一起。

“啊……”

也就是，保持现状吗。奈奈生暂且松了一口气。

“所以啊，奈奈生。”

姬美子探出身子。

“我想在御景神社举行婚礼。”

“哇，好啊！”

奈奈生的表情突然活泼起来。

“到时就拜托你了，奈奈生。”

“嗯，如果巴卫也同意的话……”

说到这里，奈奈生突然说不出话。

“巴卫他……”

“怎么了？”

“啊？那、那个……嗯……”

奈奈生变得慌慌张张，脸颊泛红，低声说道。

“那个……也许是我误会了，但是……”

“什么？奈奈生也要告诉我秘密？”

“但是……要是我真的误会了就很不好意思……”

“不要小看我啊，奈奈生！我可是奈奈生的朋友！我可不是保守不住朋友秘密的女人！”

“哇，太大啦太大啦，声音太大啦！”

因为要说重要的事情，所以现在在房间里面只有奈奈生和姬美子两个人。

即便如此，也不知道是否有人在某处偷听。

奈奈生再一次悄声说道：“那个……实际上在鞍马山……”

“鞍马山？”

“那里的僧正坊……啊，僧正坊就是鞍马的爸爸，因为他倒下了，以此为契机……啊，嗯，各种复杂的……”

“啊，别这么慢！快点告诉我秘密！”

“你的声音太大了！实际上呢……”

奈奈生开始叙述。

在鞍马山的“事件”解决之后——

“天狗们在巨大的万年樱花树下面举行宴会……我不留神吃了个酒馒头，然后稍微有些醉了……”

“嗯嗯。”

“然后在回去的路上，巴卫背着我……”

“嗯。”

“我……那个时候……”

奈奈生脸颊上的红晕蔓延到了全脸。

“对巴卫说了‘喜欢你’……”

“哦！”

姬美子双眼放光。

“那就是那个吗？！被称为‘情话’的东西！”

“不不，完全不是那样！”

奈奈生急急忙忙地否定，更是难为情地低下了头。

“那个时候……巴卫似乎说了……‘我也喜欢你’……”

“哦哦！”

姬美子的双眼更闪亮了。

“那个狐狸大人终于说出来了啊！哦哦哦！”

“等、等等！”

奈奈生将激动地伸出身子的姬美子按了回去。

“不对！要是他不明确说，我不会懂！”

“什么？”

“那个……他只是似乎对我说了……”

“什么呀，明确说明什么的……”

姬美子老实地重新坐好。

“我想听到他明确告诉我，但是不可能直接去问巴卫……我变得一直很在意……”

“原来如此……”

姬美子交叉双臂，“嗯、嗯”地点头。

“我也是少女，明白你的心情。”

“谢谢……”

“好！”

姬美子立刻站了起来。

“奈奈生！这事儿交给我！”

“啊……等、等等，直接去问巴卫……”

“我不会那样！”

姬美子将手紧握成拳头，如此宣告。

“我们要解开谜团！将真相大白于天下！”

二

“首先是‘还原现场’！”

这是什么——

姬美子受到了和小太郎约会时看的警察题材电影的影响，似乎自己也想像故事里那样挑战谜之事件。

此时，奈奈生恰好提供了非常好的“谜团”。

“那、那个……”

奈奈生想要让独自兴奋着的姬美子镇静下来。

“虽说你想要还原现场……但是具体来说这不可能实现……”

“不会不可能！我们现在去天狗山，再次重现事件状况！”

“鞍马山禁止女人进入！好了，放弃吧？”

为了确认巴卫告白一事，不可能大费周章前去鞍马山。大概，要是姬美子需要更多说明的话需要继续解释。

“这样啊？那么，再现当时的情景也……”

“这也不可能！再现情景需要巴卫和我……那个……”

“没有必要叫狐狸大人来。”

姬美子猛地挺起胸膛。

“我和奈奈生来！”

“啊？！”

“奈奈生本人在这里，这样就可以了。好了，我来演狐狸大人……”

“等等、等……”

奈奈生变得更加慌乱，说：“‘演’……现在在这里？”

“对啊。”

“演和那天晚上一样的事情？”

“演啊。”

“等……等等！好难为情……”

“就算难为情也要演！这是为了找出真相！”

“姬美子……”

奈奈生发出了难为情的声音，但是似乎无法阻止兴致高昂的姬美子。

“那么，快点开始吧。确实，狐狸大人那时背着你吧。”

姬美子将后背转向奈奈生。

“来吧！”

“‘来吧’是指让我趴在你的背上？”

“我说了要再现嘛。”

“不要不要不要！不行不行不行！姬美子的身体背不起来我啊。我比你还重。”

“你忘了吗？虽然我看上去这样，但我可是沼皇女。我可是多多良沼的主人。背奈奈生一个人根本不费劲儿。”

“真、真的？但是……”

“好啦，快上来！”

“那、那……嘿！”

奈奈生没能抵挡住姬美子的热情，将身体的重量压在了她的背上。

“啊！”

不留神的话姬美子会被压倒吧……奈奈生所担忧的这件事烟消云散。如同姬美子所言，她将奈奈生稳稳地背了起来。

“哇！好厉害！姬美子力气真大呢！”

可是……

“啊……”

“怎么了？”

“那个，这个……我的脚还在地上呢！”

“这怎么了？”

“不……那个……”

那天晚上的气氛有点……不，可以说是完全不同。

“不行吗？”

“嗯……”

“这样啊。太遗憾啦。”

姬美子让奈奈生从自己的身上下去。

“我也想只这样是不行的……”

姬美子边说着边抱起双臂，开始陷入烦恼。

然后她突然睁开双眼。

“对了！两个人根本无法确认！”

“姬美子？”

“如果是我们两个人再演，岂不是根本没有办法观察了嘛！”

“那就……嗯……”

“更改演员！”

“啊？！等、等等！”

姬美子大步走出起居室，奈奈生急忙在身后追赶。

“友江……好喜欢你……”

“我也喜欢你……”

两人互相倾诉着爱的话语——

而奈奈生——

“……”

“奈奈生，怎么了？”

“没什么……即便要说‘怎么了’……”

完全看不出她感到害羞。

在奈奈生和姬美子的面前，再现那天晚上的情景的是——鬼火童子虎彻和鬼切。

在他们为客人端点心的时候，被姬美子逮个正着。

“姬美子！”

奈奈生忍不住加重语气，说：“我说了这是我们两人的秘密！但是让鬼切和虎彻……不、不对啊……”

“不对？”

“果然，他们都还是小孩子……”

如同“童子”之名，他们看上去都还是小孩子，恋爱情景再现时的气氛，简直像幼儿园的过家家一般和睦，和那时候差远啦。

“如果这样……”

虎彻伸出手。

“如果向大国主大人借一下万宝槌，将我们的身体变大的话……”

“这不行！”

奈奈生立刻阻止了他们。要是秘密被大国主知道了，会被怎样调戏啊，这没人知道。

“没能帮上你……”

“唔，千万不要在意！还有你们两个千万不要告诉巴卫这件事！”

“好的，肯定！”

虎彻和鬼切会心地点点头。

“可是，要是他们不行的话，只能再拜托其他人了。”

“姬美子！已经够了，现在已经可以啦……”

要是再将秘密扩散就不好啦。总之奈奈生想要让姬美子冷静下来——

“奈奈生……”

“呀啊！”

奈奈生对着突然闯进起居室的瑞希发出悲鸣。

“等、等等，瑞希！我现在在和姬美子说很重要的事情！所以先让我们两个人……”

“这样啊？因为有客人来找奈奈生，我把他带来了呢……”

“客人？”

“你为什么要在本大爷登场的时候发出悲鸣啊！”

“啊！”

在瑞希的身后站着的是，穿着一身引人注目的衣服的……

“鞍马！”

“哼。”

鞍马不好意思地将目光转向另一边。

“好了，天狗先生，来这里做什么？是来表达感谢的吧？前段时间奈奈生在鞍马山帮了你呢。”

面对着呆呆地说着这话的瑞希，鞍马的脸颊变得通红。

“不、不是……啊、不，也没错，这么说来……啊，总之……那个……嗯，怎么说呢……”

“唉，那种事情怎么都好啦！”

瑞希把鞍马推开，嘟起了嘴。

“奈奈生，这段时间为什么只有我们负责看家啊？我要是能够帮到奈奈生，随便去天狗的山的哪里都可以啊。”

“喂，蛇，那个时候被强拉来的是狐狸。虽这么说，我这边也很紧急……”

“我可没问天狗先生！”

瑞希又把故意挤进来的鞍马推开。

鞍马果然不高兴了，说：“喂，你干什么啊！”

“我想和奈奈生说话。天狗先生，你可以走了吗？”

“是你把我带来这里的吧！”

“因为你在神社门口徘徊，嘴里念叨着‘进去吗’‘怎么办啊？’我问你‘要不要到不会给参拜者添麻烦的地方’，你就直接跟过来了不是嘛！”

“啊——够了，你们都别吵啦！”

奈奈生想要阻止他们，说道。

“嗯，既然奈奈生这么说了就别吵了。”

“啊？”

奈奈生正打算避开竟然看出来目前状况的瑞希，说。

“那么，好啦……”

“但是！”

微微笑着的瑞希的眼睛发出光芒。

“刚才，我们在纸拉门另一边听到的‘喜欢’‘好喜欢’……那是什么？”

三

“真是难以置信啊，巴卫竟然！”

瑞希气得像刚从浴室出来一样，头顶冒烟。

“明明是使者，却对侍奉的主人说这么轻浮的话！”

“我不知道他究竟有没有说出口……”

“要追究到底，追究到底！等他买东西回来，把他紧紧地绑起来、吊起来……”

“你啊，千万别问巴卫这件事！他买东西回来之后也别问！”

巴卫在姬美子来之前一会儿，为了晚饭而出去买东西了。正是因此，奈奈生和姬美子才可以聊一聊在天狗山发生的事情。

虽然现在巴卫不知道，可是其他人全都知道了……

“听我说，瑞希？千万不要太惊讶啊？我真的不知道这件事究竟有没有发生！”

“话虽这么说，可是你太在意这件事，甚至睡不着吧？”

“这个……”

听到鞍马的话，奈奈生故意移开视线。

“果然，一定要找到真相！”

“姬美子……”

奈奈生紧抱住了依旧沉浸在警察题材电影氛围里的姬美子的头。

“放心吧，奈奈生。上天站在我们这边。”

“啊？”

“我们这些人……你不觉得刚刚好吗？”

“刚刚好？”

“情景再现啊！让他们两个人再现鞍马山里发生的状况，然后我们在一旁确认！”

“让瑞希和鞍马？！”

奈奈生惊慌地大喊。这样的事情……某种意味上比让虎彻他们来表演，更难为情。

“比起鬼火童子，他们更能还原气氛吧？”

“虽然可能是这样，但是这不是给瑞希和鞍马添麻烦吗？”

“我没关系啊。”

微笑。鞍马对奈奈生露出了魅惑的笑容。

“我最近有参与不少警察题材的电视剧呢。嗯，算是让我给你们展现专业演员的演技？”

“这是抓住狐狸的把柄的好机会！我怎么会放过这么有趣的事情呢？”

于是，“好、好！我也来！”

（让我们探明巴卫究竟做了什么！掌握决定性证据，将它摆在巴卫的眼前！）

呵呵呵呵呵……

他们都沉浸在自己的想法之中，邪恶地笑着。

“鞍马、瑞希？你们两个怎么了？”

“好了，如果主人没有意见的话，我们就快点来演吧！”

于是——

现在再度开始“情景再现”。

猜拳的结果是，鞍马扮演奈奈生，瑞希扮演巴卫。

看到瑞希背着鞍马的场景，奈奈生说不出话。

“呜……”

比起虎彻他们的表演，现在的表演毫无违和感。

年龄恰好的男性背着和自己年龄差不多的男性，这样的姿态……那个……怎么说呢……

而且，进入角色的鞍马露出了和作为偶像时完全不同的表情。

“巴卫的背……好温暖……”

“哎呀，我可没有说过那样的话！”

“奈奈生，安静点，好好观察！我们没办法拍情景再现录像呀！”

姬美子急忙捂住奈奈生的嘴。

“呜呜（干什么呀！）”

“巴卫，谢谢你一直以来照顾我……”

鞍马身上的“少女”气质越来越浓。

瑞希仿佛也受到感染，说：“怎么了，奈奈生。你对我说这样的话……太见外啦。”

“可是……我就是想说嘛……”

“呵呵，奈奈生可真是认真啊。”

“这可不是认真。正因为是巴卫，才想这么说……”

“奈奈生……”

“巴卫……”

“好啦，我根本没有说过这样的话啊！”

奈奈生用尽全力高喊，但是姬美子立刻从后面捂住她的嘴，她又只能发出“呜呜”的声音。

奈奈生的怒气反而让两人之间的气氛更甜蜜了。

“哎，巴卫……”

“怎么了？”

“我有话想告诉巴卫。”

“想告诉我的话？”

“嗯。”

“果然还想继续留在鞍马山……之类的？”

“笨、笨蛋！才不会这样呢！”

“哈哈。”

“真是的，巴卫好坏啊。”

“生气了？”

“哼。”

“我看到奈奈生……就忍不住想欺负你呢。”

“啊……”

“抱歉。”

“这……是因为你讨厌我吗？”

“你这么觉得？”

“……”

“哎，奈奈生……”

“嗯……”

“奈奈生，告诉我你的心情……”

“啊……”

“告诉我……”

“这、这么……好难为情……”

“这里只有我们两个人，所以没有什么难为情的哦。”

“但是，那样的话……我……”

“奈奈生。”

“……”

“说吧，奈奈生。”

“那……那我说了。”

“嗯。”

“巴卫……”

“……”

“喜欢你……”

“呵。”

“嗯哼哼……”

于是，瑞希扮演的巴卫，对于这份爱的告白，说出了：“我也……喜欢你……”

“你说的到底是什么啊啊啊！”

瑞希毫不犹豫地将鞍马抛了出去，甜蜜的氛围一下子烟消云散。

“啊？！”

奈奈生对这奇妙的展开感到惊讶，发出叫声。

“好疼！”

被一下子抛走的鞍马的头被撞到了，他也发出了呻吟声。

仿佛换了个人的瑞希，继续高喊：“这个巴卫大人，根本不可能随随便便地说出喜欢之类的话！你想听他的甜言蜜语，所以做梦了吧！哼！”

“等等，瑞希？！”

“我可不是瑞希，是巴卫哦？”

“啊？！”

瑞希像是恶作剧一般笑了，说：“这可是演、戏哦？”

“这……虽然是这样……”

“所以说我在扮演巴卫，真正的巴卫。”

“真、真正的……”

“这就是真正的巴卫！既任性又傲慢又冷酷又不顾他人想法给其他人添麻烦毫不收敛的圆茄子……”

咚！

“呜！”

“谁是茄子啊！”

瑞希的后脑勺挨了一记，毫不留情地用刚买的茄子敲他的头的是——

“巴卫！”

看到真人登场，奈奈生忍不住惊呼。

“喂，蛇。”

巴卫瞟了一眼瑞希，说：“虽然不知道究竟发生了什么……但是你可是随随便便地在说别人的坏话呢！”

“快、快看！”

被茄子殴打的瑞希的头被巴卫按着，瑞希满眼是泪，指着巴卫说：“果然他就是这样的狐狸！立刻动粗，使用家庭暴力的狐狸！”

“别胡乱说话！”

巴卫生气地说，依旧按着瑞希的头。

瑞希也进行了反击。

“这个笨蛇！”

“暴力虐待狂狐狸！”

“别吵架了！鞍马快去阻止他们！”

“啊……为什么要扯上我？！”

鞍马一边挠着头一边爬起来，然后和奈奈生一起将巴卫和瑞希拉开。

“可恶……”

冷静下来的巴卫，一脸疲惫地挠着头。

“你们究竟在做些什么啊！趁我出去买东西……”

“为了揭开真相！”

“姬、姬美子！”

“果然还是在这里询问本人最好！问个明明白白！”

“不要啊！”

奈奈生即便制止也是白费力气。

几分钟之后。

“原来这样啊。”

巴卫听姬美子说明了事情的经纬，露出更为疲惫的表情，叹了口气。

“什么这样啊！我可是一直感到烦恼……”

“奈奈生没错。是让奈奈生烦恼的狐狸大人的错。”

“是啊！是巴卫的错！”

"啊，闭嘴啊，蛇！"

瑞希继续严厉地斥责，姬美子靠近巴卫，问："所以到底怎么样？"

"啊？"

"别装傻啦！你有没有对奈奈生说过'喜欢你'？"

"哇啊！姬美子！"

"哼。"

巴卫又叹了口气，说："我会在这种地方说吗？"

"啊？"

奈奈生倒吸了一口凉气。

在这里不能说？要是不承认的话，明确地说"没有说"就好啊。

不能说，这是为什么……

突然想到……果然那是真的……

"确实如此啊。这种地方没有办法让你说出真相。"

姬美子“嗯、嗯”地点着头。

“好，明白了！我带你们去能够揭穿真相的，最好的地方！”

四

唰——唰——

“那个……”

奈奈生原本以为姬美子会带她和巴卫去只有两个人在一起的安静的地方。

太天真了。

唰——唰——耳边响起了海浪的声音。

那里是……

巨浪拍打着的悬崖之上。

“为什么要这样啊！”

“一定要这样的啊！”

姬美子挺起胸膛。

“犯人讲出真相的地方，从来都是这样的地方！

好了，犯人！”

“谁是犯人啊！”

巴卫厌恶地说。

“开什么玩笑啊！蛇和天狗也是！”

“我可没在开玩笑，巴卫！”

“是啊，好好听话！”

瑞希和鞍马——不知为何穿着警官的制服。

“我说，你们可真的是在开玩笑啊！”

“愚蠢的家伙！在犯人说出真相之后，警官来逮捕可是常识啊！”

“这是哪里的常识啊！”

“好了，全都说出来吧，巴卫！”

“呐，然后逮捕你。”

瑞希和鞍马一边哗啦哗啦地摇着手铐，一边一点点靠近巴卫。

“你们这群　　”

和这些人解释没有用……巴卫似乎这么说着，将目光转向奈奈生。

“喂，你也说点什么啊。这种蠢事，收敛一点……”

“……”

“喂。”

“啊，那、那个！”

奈奈生被巴卫盯着，害羞地说：“那个……果然，我还是想问你究竟发生了什么……”

“这没什么好说的。”

“啊……”

巴卫背对着奈奈生。

然后，他正要乘片轮车飞走的时候……

“等等，巴……啊！”

“……”

“啊！”

“奈奈生！”

“要掉下去了，要掉下去了啊！”

奈奈生紧紧地抱着巴卫的腰。可是，双脚已经离开悬崖，飘浮在空中。在身下是一片苍凉的大海。

巴卫变得慌慌张张，说：“笨蛋！抓好了！”

巴卫将奈奈生拉起来，就这样离开了那里。

“等等！说好了要揭开真相的！”

“奈奈生！”

夕阳西下。

在被夕阳染成赤红的沙滩上，两个人的影子被扯成了长长的两条线。

“……”

“哎。”

奈奈生畏缩地向背对着自己的巴卫搭话。

“巴卫……”

“……”

“你在生气吗？”

“……”

巴卫什么都没有说，依旧背对着奈奈生。

“引起这么大的骚乱，对不起。”

奈奈生在说出这句话之后，也不知该说什么好。

只有波涛声在这片没有其他人的晚秋的沙滩上回响。

“……”

“……”

然后，“回去了哦”。

巴卫似乎耐不住沉默，转向了奈奈生。

然后牵起了奈奈生的手。

“啊……”

手被牵着……可是，奈奈生却一动不动。

巴卫惊讶地看着奈奈生。

“怎么了？”

“……”

“喂。”

巴卫对着依旧一动不动的奈奈生说：“如果你还想在这里待着就待着吧。我先回去了。”

“等、等等！”

奈奈生急忙叫住了正要走的巴卫。

“这次……真的很对不起！”

“这你说了好几次了。”

“我还没有问……”

奈奈生抬起头。

然后直直地看着巴卫。

“奈奈生？”

“我……还没有问……”

奈奈生满脸通红，但是仍旧没有将目光转开。

“我还没有问！那个时候巴卫究竟有没有对我说‘喜欢’？”

“喂……”

“我想知道你到底有没有说啊！”

听到奈奈生认真地发问，巴卫一时语塞。

“奈奈生……”

“我啊……”

“……”

“虽然我不好意思问巴卫，所以故意绕了远路，要是我一开始就不害羞，直接问你就好了……”

已经不再犹豫的奈奈生，直勾勾地盯着巴卫。

“无论说什么都不会伤害到我，所以巴卫也别逃……”

“……”

巴卫像是终于下定决心一样开口：“我……”

“我……那个时候……”

“……”

“对你……”

“……”

“对你说了喜……”

“奈奈生！”

“呀啊！”

奈奈生被沙滩上突然响起的叫喊声吓得退了一步。

“瑞、瑞希？！”

“奈奈生！”

瑞希一边招手一边跑过来，他的身后还有姬美子和鞍马。

“真是的！我们可是一直在找你！”

瑞希眼含泪水，一边说着一边紧紧抱住奈奈生。

奈奈生的嘴角开始抽动。

“为什么……偏要在这个时候……”

“龙王也来帮我们了呢。”

“啊！”

日暮迟迟时的海浪之中，出现了龙王宿傩和手下的海牛们的身影。海是他们的领地，因此可以轻易地找到在海边的人吧。

“嗯……既然你们在靠近海的地方……”

瑞希一行人靠近巴卫，说：“等等，巴卫！你拐走主人，究竟是什么居心！”

“是啊！那样的状况之下，在奈奈生正要阻止你的时候，犯人应该从悬崖上跳下去，这才是常识……”

“这种常识有谁知道啊！”

巴卫忍不住开始训斥依旧沉浸在警察电视剧里的姬美子。

然后，巴卫像是头痛一般按着眉心，说：“我不知道，回去吧。”

“啊啊？！可是，我还没有好好问你啊……”

巴卫再次乘着片轮车走了。这次连奈奈生都没有赶上。

“啊，犯人逃走了哦！主人们，该去追他吧！”

“好！”

“等等，巴——卫！”

“好了，奈奈生，我们也去追他。”

“好不容易……”

“嗯？”

“好不容易，马上就要问出口了！你们这群笨蛋！”

奈奈生的悲痛的声音回荡在夕阳照耀的海滩上。

最后——

巴卫再也没有提到过这件事情，奈奈生也消沉了好一段时间。

牡丹绽放之日

（小说 子安秀明）

一

那天，天空被厚重的乌云笼罩。

虽然已经到了春季，但是完全没有和煦的阳光。总之天气让人感到不安，不知道现在是什么季节。

可以在阴影中瞥见在田圃边上盛开的黄色油菜花。

“……”

少年乘着乌鸦的背，直直地望着眼底的风景。

没有人在意到向郊外飞行的乌鸦，少年只是露出平静的表情，却饥渴地望着下界。

不——那双眼睛里面其实什么都没有看到。

他的脑海之中充满着涌起的思绪。

真寿郎大人……

他在心中如此感叹的同时，在脑海中回想起了那端正，不，在俗世被认为美丽的男性的脸。

那是他现在要去见的人的脸。

拥有那张脸的天狗哥哥在十七年前离开鞍马山，

现在在人间以 KURAMA 这个名字作为偶像活跃着。

少年的名字是牡丹丸。

他被真寿郎看作是自己的弟弟。

直接去见他的话，会有不少要担心的事情。真寿郎身上流淌着治理着鞍马山的第三代僧正坊的血脉。第三代僧正坊曾经说过在山里居住的天狗都是家人，也说过大家没有阶级区分。即便如此，牡丹丸也坚信着地位比成为第四代僧正坊的天狗更高的，只有真寿郎。

不能跟着二郎哥哥啊……

泪水渐渐涌出眼眶。

牡丹丸慌忙抹掉了泪水。

他不想让真寿郎看到自己不像话的表情。

马上就要到啦。如果穿过了遍布田园风景的郊外，就能到真寿郎居住的城市……

“嗯？”

牡丹丸突然睁开了眼睛。

遥远的前方，从乌云中间，似乎有个小小的黑色影子坠入被田野包裹的树林。

“什么……”

牡丹丸乘着乌鸦飞向那片森林。

这片乌云无论何时开始下雨或下雪都不奇怪。

牡丹丸注意着不稳定的天气，从乌鸦身上下来，走进了森林。

“确实就在这一带……”

就在那时。

“……”

听到了。

叫声。

或者说是哭声。

牡丹丸拨开肆意生长的杂草，走向树木之间。对于在草木丰茂的天狗山成长的牡丹丸而言，这种程度的杂草地就像平地。

"啊……"

有了。

在枯树的根部，有一个小小的白色身影在蠕动。

牡丹丸小跑着接近它，拨开覆盖在身体上的枝叶。

小小的身影突然抖了一下。

"别害怕。我没有恶意。"

对啊，自己和二郎哥不一样。

牡丹丸将这一点抛到脑后，抱起了那个小小的白色身影。

一眼看过去，它像是个纯白色的小狗。但是抱起来看看，牡丹丸意识到完全不同。

细长的脸，为了在地面奔跑的硬蹄，为了有力前行的柔软身体。

然后，在背后有一对白色翅膀。

它是——天马的孩子。

"为什么会在这里……"

牡丹丸听说过天马群居在天空中。

他抬头看看天。

通过茂密的树叶间的缝隙，可以看到厚重的黑云覆盖着天空。

“走散了吗……”

它可能在乌云之中失去了方向。

小天马在牡丹丸的怀中，像肯定一样微弱地叫了一声。

“受伤了吗？”

小天马用不能更微弱的叫声回答。

“这样啊……”

牡丹丸怜悯地眯起了眼睛。

他无论如何都不能对这个从空中掉落，离开亲友的小生命见死不救。

可是，怎么办……

此时，牡丹丸突然灵光一闪。

“对了！”

二

阴云之下，深绿色的山路一片阴暗，牡丹丸根本记不住自己走过的路。

牡丹丸循着自己模糊的记忆寻找去御景神社的路，但是不知为何走上了从没见过的野兽走的小路。

认真回忆一下，他第一次来这里的时候是因为中了人间的毒，在没有意识的时候被运到了神社。第二次来的时候，是被天狗哥哥们带来的。

一个人能行吗——虽然已经这样了，但是不安涌上牡丹丸的心头。

牡丹丸手中抱着的小天马发出了低低的叫声，声音比刚才更微弱。

快没时间了！

如果小天马就这样离世，牡丹丸恐怕会后悔一辈子，他便加快了脚步。就算有草丛和树枝阻碍他前行，他也不停止。因为他是鞍马山的天狗，这也只是普通的野兽的路。

“哇！”

牡丹丸摔了一跤。

焦灼和过度自信让他无法集中注意力。

如果继续保持这样的姿势摔倒，他抱着的小天马就会被自己压到。牡丹丸拼命将自己的身体挪开，做好了让自己的身体撞到岩石上的准备。

“危险！”

一个柔软的东西接住了牡丹丸。

“啊……”

曾经听到过的声音。

还有气味。

牡丹丸注意到自己不知何时离开了参道。然后，在危难关头救了他的是——

“土地神……”

牡丹丸在安心的同时，身体也失去了力气。

他的意识就这样渐渐远去。但是，牡丹丸的手一直没有放开小天马。

“啊，这家伙是小天狗啊。哇，真的长着小翅膀啊。”

“要、要做什么！”

脸色泛白的优雅男性——瑞希将牡丹丸的翅膀握着，牡丹丸忍不住发出叫声。

然后，鬼火童子鬼切和虎彻说道：“牡丹丸大人以前也来过这里呢。”

“而且来过两次。”

“啊——我完全不知道啊？”

“之前为了见鞍马大人来过，还有过年的时候来问候。”

“过年的时候有好多妖怪来呢，在那之后巴卫也真是累得不行。”

瑞希苦笑着回想过去，随即再次将脸凑近牡丹丸。

“唔，嗯。但是，这孩子来过？我完全不记得啊。”

牡丹丸听到瑞希的话，有些受惊。

自己虽然是随着哥哥们来的，但是被说“完全不记得”，这让他意识到自己的存在是多么渺小。

就在此时。

“牡丹丸。”

纸拉门被拉开，另一边出现了奈奈生的身影。

“你醒了真是太好啦。这孩子的精神已经恢复啦。”

“真的呀！”

牡丹丸慌忙站起身来。

“哇。”

“啊呀呀。”

将站不起身的牡丹丸扶住的是，奈奈生——不，是一个有着稳重表情的、戴着眼镜的男性。

“没关系吧？”

“啊，啊……”

牡丹丸立刻盯着那个男人看。

狐狸……并不是。这是谁啊……虽然是第一次见到的人……

“谢谢你，御景。”

“御景？”

“啊，牡丹丸是第一次见到他？”

听到奈奈生的话，戴着眼镜的男性微微低下头。

“我是御景神社的上一任土地神。请多关照。”

“啊！”

土地神？！

一个普通的人类在当土地神，确实是件怪事。牡丹丸明白有什么事情，然后奈奈生代替着他。

“那么，御景还会当土地神吗？”

“不不，我已经是‘前任’啦。”

“啊？”

牡丹丸不知道究竟发生了什么，顿时无话可说。

他先是一愣，然后突然说：“对了，那匹天马呢！”

“对了对了，你是为了它来这儿的吧。走吧，牡丹丸。”

奈奈生拉住牡丹丸的手，牡丹丸慌忙走出了房间。

瑞希目送着他们离开，对瑞景说：“如果他问我们巴卫的事情，我们该怎么说明？”

“他现在的样子，恐怕谁都不想见吧。巴卫的事儿还是保密吧。”

“说的是啊。”

瑞希和御景想起来毛茸茸的狐狸姿态的巴卫，苦笑起来。

“哇。”

在进入房间的一瞬间，一个小小的影子扑向牡丹丸。

小天马亲近地将鼻子凑近牡丹丸。它看上去比刚见到它的时候精神多了，牡丹丸安心地摸了摸胸口。

“土地神的力量，可真厉害啊。”

牡丹丸回想起以前，想起了……

自己曾经也被奈奈生救过一次。那时他心想土地神肯定有办法，就来到了御景神社。

“恢复精神，真是太好啦。”

“嗯，嗯。”

牡丹丸顺着奈奈生的话，害羞地点着头。

“但是，这匹小天马是怎么了？”

“这个……”

牡丹丸叙述了他与天马相遇的经纬。

“它可能是和天马群走散了吧……”

奈奈生恍然大悟，发出叹息。

“还有，牡丹丸是一个人来的？”

当头一击。

牡丹丸慌忙挺起胸膛，说：“我、我以前也一个人来过啊！”

“虽然这样……但是那时候你可是已经倒下了啊？”

“呜……”

确实如奈奈生所说。牡丹丸因为不习惯人间的生活，身体状况变得很不好，倒下之后在御景神社受到照顾。

“我已经不是小孩子啦！连你都把我……”

“连你都？”

牡丹丸意识到自己说错话，连忙捂住自己的嘴。

奈奈生露出惊讶的表情，说：“确实……比起去年，牡丹丸长高了，翅膀也更大了呢。”

“是、是啊。我已经是大人啦。”

“那，好吧。”

奈奈生虽然还有些不安，但是不再说话。

“……”

大人——

牡丹丸的心被自己说出的这句话刺痛，他默默地忍耐着。

三

“喂，天马都吃什么啊！”

“好了，瑞希！不要戏弄它啦！”

奈奈生斥责着正要给天马喂烫口的春菊的瑞希。

太阳已经落下，御景神社的人们在桌边围着吃火锅。虽然已经是春天，但是在微冷的今天，这是非常好的饭菜。

牡丹丸和小天马也围在锅边。

牡丹丸本打算出去，但是奈奈生以“天色已经暗啦”为由制止了他。小天马对牡丹丸也寸步不离。

“牡丹丸，多吃点啊。虽然这比不上巴卫做的，但是我可是参考了他的做法。”

“啊……”

牡丹丸张开嘴。

“那个狐狸怎么了？”

“他啊……”

奈奈生说不出话，瑞希望向一旁，御景的眼镜上挂着白雾。

牡丹丸歪歪头。那个性格糟糕的狐狸究竟遇到什么了……

“比、比起这个，多吃点啊，牡丹丸！”

“哦，嗯……”

牡丹丸在碟子里盛满肉和野菜，开始猛吃。

“喂、喂，奈奈生，也给我夹一点肉嘛。”

“瑞希自己去夹。”

“可是，奈奈生只对小天狗好……”

“这是因为牡丹丸还是小孩子。”

唔啊。

奈奈生并非出自恶意，但是牡丹丸的心被这句话刺痛。

“是啊，瑞希大人。牡丹丸大人和我们一样还是小孩子。”

“瑞希大人请把肉让给正在发育的我们。”

鬼切和虎彻紧接着发言，牡丹丸的心情越来越沉重。

“……”

“牡丹丸？”

奈奈生发现牡丹丸默默地放下了筷子。

“怎么了？你还没怎么吃哦？小孩子别谦让……”

“我已经不是小孩子啦！”

咚！牡丹丸的小拳头砸向桌子。

摇晃的桌子差点让锅里的东西倒出来，瑞希连忙避开锅。

“好危险啊。奈奈生说得没错啊，你可不要把好不容易做好的饭浪费了哦。”

“什么？！”

“就是这样啊，不是吗？”

瑞希一边从锅里给自己的碟子里夹肉，一边说：“抱着小天马走来，正说明你是还飞不起来的小孩子……”

“瑞希！”

奈奈生让瑞希住口。

“好啦，牡丹丸。要不要再来点肉？还有别的想吃的东西吗？”

“不用了。”

“没关系啊。我觉得天狗也各有不同嘛。”

“……”

“好啦，为了长得更大，你多吃点嘛……”

“呜！”

牡丹丸站起身，立刻从房间里飞奔出去。

“呜……呜呜！”

牡丹丸十分不甘心，忍不住开始呻吟。

确实如同那条白蛇所说——

自己还飞不起来。

明明年龄差不多的天狗都可以飞起来了，可是只有自己不行——即便翅膀大小并没有差异。

二郎哥曾经斥责过这一点。

然后，牡丹丸就逃出来了。

一样啊……

和那时一样，牡丹丸此时也逃了出来，在没有人的房间一角抱膝坐在地上。

从屋外传来了猛烈的风雨声。这声音仿佛也在责备着自己，牡丹丸感到更加痛苦。

就在此时，不知有什么突然接近，牡丹丸猛地抬起头。

“你……”

不知什么时候……

牡丹丸意识到小天马就在自己身边，便睁开眼睛。

小天马像在问“还好吗”一般，用鼻子蹭着牡丹丸。

“啊！”

牡丹丸把头转向一边。

不甘心，不情愿。

自己竟然会被一个比自己更小的生物关爱。

“快走。”

小天马一动不动。

“我说了快走！”

小天马的身体突然抖了一下。

它的口中随即发出了伤心的叫声。

牡丹丸突然恢复了理智。

“我……”

究竟在做什么……竟然会对这样的小天马发怒，相比之下自己才更是“小孩子”。

“呜……”

已经不知道该如何是好了。

牡丹丸突然明白了，即便自己想要来找真寿郎，但也只不过是逃避。如果一直抱着这样的心情，哪里都去不了。

“唉……”

牡丹丸抱起小天马，望着它的双眼。

“我也像你一样啊……”

脱离了群体，孤身一人。

牡丹丸忍不住紧紧地抱住了小天马。

“牡丹丸。”

突然有人叫自己的名字，牡丹丸惊讶地抬起头。

“土地神……”

“你在这儿呀。”

奈奈生向牡丹丸温柔地搭话。

“刚才对不起啊。”

“你没有理由向我道歉。”

牡丹丸故意扭过头。

奈奈生温柔地笑着，说：“晚饭等会儿再吃吧？我留了你那份哦。”

“……”

“你一直在这里没关系，现在也不是适合外出的天气。”

“……”

“牡丹丸……”

奈奈生的声音仿佛从很远的地方传来，震颤着牡丹丸的内心。

牡丹丸明白奈奈生为什么挂念自己。

十分值得感激。

即便如此牡丹丸也无法坦诚地接受好意。如果现在接受了，简直就像承认自己还是小孩子一样。

“牡丹丸，那个……”

奈奈生将手搭上了背对自己的牡丹丸的肩。

就在此时……

“呀！”

“啊……”

小天马挣脱开牡丹丸的怀抱，猛地踢开了奈奈生的手。随即像要追赶奈奈生一样，边跳动边用鼻子发出叫声。

“喂、喂，不要这样啊！”

牡丹丸吓了一跳，慌忙制止小天马。

可是激动的小天马避开牡丹丸的手，更加躁动。

“你……你对土地神做什么！”

啪！

微微昏暗的房间里发出了未曾预料过的巨大响声。

牡丹丸拼尽全力用手打了小天马的身体。小天马撞到了近处的柱子上，露出了痛苦的表情。

“啊……”

小天马用仿佛在问“为什么”的湿润双瞳望向牡丹丸。

发不出声音。

动弹不得。

明明没有伤害它的打算……为什么自己——

“啊！”

小天马从奈奈生身边跑过，一下子跑出了房间。

“那、那个……”

奈奈生疑惑地看着牡丹丸，又看看已经跑开的小天马。

牡丹丸叹息道：“为什么？”

牡丹丸除此之外说不出第二句话。

奈奈生轻轻地摸了摸牡丹丸，说：“也许那孩子想要守护牡丹丸。它以为我在欺负你。”

“……”

对于奈奈生的这句话，牡丹丸无法做出任何回答。

“不在这里哦，奈奈生！”

御景神社的所有人都在外面寻找不见了的小天马。

“上次是找小天狗，这次是找小天马？肯定在哪里睡着了。呼啊，我们要休息了，明天再……”

“好了，瑞希，认真找它吧。天马！喂——出来吧——”

牡丹丸站在拼命找小天马的奈奈生身边，无力地低下头。

小天马完全没有错……因为它攻击奈奈生的理由是，它想要守护自己。

而错怪它的自己——

“牡丹丸！”

牡丹丸听到奈奈生的喊声，抬起头。

“小天马可能会去的地方，你知道吗？”

“哪里呢……”

不可能有。他们今天刚刚相遇。

即便如此，那匹小天马却想要保护自己。牡丹丸再次为自己对它出手而感到罪恶。

“牡丹丸，去找找那边。我找这边哦。”

牡丹丸听到奈奈生的指令，开始寻找。

可是——

在神社里面四处寻找，最后没有找到小天马。

“没有找到啊。我们连御景大人的小镜子里面都找了。”

“巴卫大人的房门锁着，应该进不去。”

“这么找都没找到，肯定是跑出去了吧。”

瑞希听到鬼切和虎彻的报告，说：“怎么办……它的身体那么小……”

“奈奈生，冷静点啊。”御景安慰着焦急的奈奈生。

“外面的天气不好，小天马应该一直在附近吧。”

“可是……果然……”

奈奈生的眉头突然紧皱。

“我去外面找它！”

“啊？在雨里找它？”

御景惊讶地说。

“那孩子跑走，也有我的错。所以我要去找！”

奈奈生二话不说跑了出去。

“土、土地神！”

“等等啊，奈奈生！”

牡丹丸和瑞希也紧追着奈奈生跑了出去。

四

群山被夜色笼罩。

风雨丝毫没有减弱的迹象，穿着雨衣的奈奈生一行三人，一边用手臂挡着脸一边艰难前行。

“小天马——你在哪里——”

奈奈生高声喊道，可是声音被风雨声掩盖，连近在咫尺的牡丹丸和瑞希都听不到。

“喂，奈奈生啊。”

瑞希疲惫地叫着奈奈生。

“最好不要离御景神社太远啊。这样的风雨里，连声音都听不到，更别说找啦。”

“再找一会儿！天马要是回不来就糟了！”

瑞希对着非常担忧小天马的奈奈生说：“没办法啊。我没办法拒绝奈奈生的请求呢。”随即用手拭去奈奈生脸上的雨水。

“我去问问同胞们离神社远的地方有没有小天马。奈奈生在御景神社附近找吧。”

“谢谢你，瑞希！”

奈奈生与瑞希分开，带着牡丹丸开始在御景神社附近寻找。

“好了，走吧！不要离开我啊，牡丹丸。”

“为什么？”

“嗯？”

“为什么你要做到如此地步啊！”

牡丹丸张开了被淋湿的翅膀。

牡丹丸的心情越来越糟，说：“不管是从天马群里走散还是随意跑走，都是它自己的错！不管它了！”

这虽然是说小天马的话，但牡丹丸也在说自己。

奈奈生的温柔……令人难以承受。

“不能坐视不管啊。”

“为什么啊！”

“因为我认为牡丹丸在伤害它之后感到很难过啊。”

奈奈生从牡丹丸的角度思考，得出了这样的答案。

“所以说，不要哭啦。”

牡丹丸此时才注意到自己的泪水已经决堤。

奈奈生温柔地握住牡丹丸的手，说：“走吧。那孩子肯定在等牡丹丸呢。”

可是……它不可能在等。

牡丹丸正想这么说，就在此时……

牡丹丸突然抬起头。

奈奈生也注意到了。

“牡丹丸，在那里！”

“啊！”

险些被激烈的风雨声掩盖住的叫声。

但是牡丹丸注意到了。

在被强风吹着的杉树上面。要是没有听到叫声，恐怕也不会注意到那里的小小身影。

“为什么会在那里……”

“大概是被风刮走，然后被困在那里了吧……”

恐怕正如奈奈生所言。如果是这样，小天马很有可能再次被强风刮走。它现在只是勉强困在那里。

“得立刻帮它！瑞希……唔，我还是叫看家的御景大人吧……”

“我去！”

“牡丹丸？！”

奈奈生来不及制止，牡丹丸已经爬上了粗壮的杉树。

“牡丹丸，危险啊！”

奈奈生慌忙伸出手，可是牡丹丸已经爬到了伸手够不到的位置。

在山里成长的天狗非常擅长爬树。

可是，他爬到杉树的一半时停下了。

“唔……”

那棵杉树比周围的树要高。如果爬到了没有其他树遮挡的位置，会被强风一下子刮走。

“可恶！”

牡丹丸的身体已经快要被风卷走了，他一点点慢慢地向上爬着。如果稍不留神手滑一下，身体就会摔到地上。

冷静……冷静下来……

牡丹丸一边安抚自己，一边向挂住小天马的树枝爬去。

牡丹丸的手抓住了粗树枝。他将力气集中在手臂，将身体抬高。

“好了！”

牡丹丸想，要是爬上树枝就安全啦。就在此时——

“哇啊！”

一阵强风吹来，杉树剧烈地摇晃。

要慎重一点。可是，要是不快点的话……这阵剧烈摇晃恐怕会让小天马无法继续长时间地抓住这棵树。

小天马的叫声近了。

牡丹丸终于清晰地看到了小天马的身影。

“现在就去救你！”

牡丹丸自言自语似的低声说，然后在粗树枝上慎重地向前爬。

到了。

牡丹丸的手抓住了挂在树枝上的小天马的身体。

然后立刻将它抱进怀里。

小天马发出了安心的叫声。

牡丹丸的双眼立刻湿润了。

“刚才……真是对不起。”

就在此时……

“哇！”

突然刮起一阵强风。

刚刚放松下来的牡丹丸被狠狠地吹倒了。

“牡丹丸！”

从地面传来了奈奈生不安的喊声。

“唔……！”

牡丹丸好不容易用脚勾住了树枝。

他还抱着小天马，倒吊在空中。

“唔啊……”

不能放开小天马。可是这样也无法使用双手。

还能用的是……

翅膀……

飞不起来……这样的自己能飞起来吗？

可是现在不就是必须飞起来的时候吗？

“牡丹丸！”

奈奈生的声音再度传来。

我可以在下面接住你。牡丹丸似乎听到了这样的声音。

“但……”

他不想再依靠奈奈生。

要是继续这样依靠奈奈生，就还是小孩……牡丹丸意识到这会让自己承认自己很没用。

他做不到。

绝对做不到。

“啊！”

又一阵强风吹来。暴雨也随之倾泻而下，无情地打湿了牡丹丸挂着的树枝。

牡丹丸的脚从树枝上滑下来了。

牡丹丸抱着小天马，被风吹着向下坠落。

死亡的恐怖——

可是与此同时牡丹丸燃起了斗志。

飞起来吧！要是在这里飞不起来，什么时候还能再飞起来啊！

我可是鞍马山的天狗啊！

“飞吧！”

牡丹丸一边高声喊叫，一边拼尽全力张开了小小的翅膀。

轻柔的感觉。

身体感受到了微微的浮力。

做到了！

我飞起来了！

太好啦！

“啊！”

可是一阵突然吹来的风将牡丹丸的身体像树叶一般上下翻弄。

可刚刚得到的飞翔的感觉，一下子被吹走了。

“飞啊！飞啊！”

牡丹丸被卷进风中，再次开始挥动翅膀。可是，刚才的飞翔的感觉再也找不回来了。

“哇啊啊啊啊！”

已经束手无策了。

牡丹丸停止下落。

现在浮在空中，可是不知何时又会落下。可是牡丹丸确实飘浮着。

然后他注意到了。

“你……”

正在飞翔着的是小天马。

它紧咬着牡丹丸的衣襟。它用比牡丹丸还小的翅膀抵抗着强风，飞在空中。

“不、不行！”

牡丹丸毫不犹豫地喊。

“你不可能带着我飞起来！快把我放开！”

可是小天马没有放开他。

“为什么！”

牡丹丸的泪水随风而逝。

牡丹丸的难以置信的想法变成叫喊声，在空中回响。

自己粗暴地对待小天马。

牡丹丸不明白自己被它救的理由。

直到自己也处于危急之中。

为什么可以飞起来呢?

自己明明飞不起来啊!

牡丹丸突然明白了。

自己被“飞起来”这个想法束缚着。

可是小天马不一样。

他从小天马身上感觉到了，想要帮助牡丹丸……这一强烈的愿望。

“我……我……”

牡丹丸的双眼又溢满了泪水。

自己是多么愚蠢啊。

想飞起来。

这不是为了他人，而是为了自己想要面子的欲望。

为了谁……为了什么而飞翔……

“我……我……”

唰！

此时他们的高度突然开始下落。

“你！”

小天马的身体在微微颤抖。它很明显快要撑不住了。不，已经撑不住了。

“好了！放开我！”

小天马依旧没有放开他。

“放开我！”

牡丹丸倒吊着身体，一边向下坠落一边喊。

已经晚了。就算在这里放开自己，小天马也没有飞翔的力气了。

那么……

要飞起来！

牡丹丸如此祈祷。

“飞起来！飞起来！”

这不是为了自己。

而是为了想要救任性的随心所欲的自己的——

那个——

那个幼小的生命!

“飞起来!!”

飞起来了。

牡丹丸正在飞翔。

和小天马一起。

而且,凭借的不是牡丹丸的翅膀。

“啊……”

难以置信……牡丹丸低叹。

有一双手抱着自己和小天马。

那张望着自己的严厉的脸,牡丹丸根本不可能忘记。

“二郎哥……

二郎——在鞍马山的牡丹丸的“哥哥”面无表情

地拍动着有力的翅膀，降落在地面。

五

二郎前来这里是因为他得到了来自御景的联络。

牡丹丸因为擅自出山而应被责骂——

虽然牡丹丸被威胁说过在获救之后会被责骂，但是不知为何，二郎一言不发。

第二天，天马大群的身影出现在风暴远去的晴空之中。它们是为了寻找在暴风中走散的小天马。

小天马便依依不舍地回到了家人身边。

牡丹丸本以为只有两人时自己会被斥责，但是在回去的路上，二郎依旧一言不发。

他们回到鞍马山之后，过去了几天。

那天牡丹丸还是孤身一人坐在树桩上。

对于暴风雨那天发生的事情，牡丹丸仍然无法恢复平静。

为什么来帮我呢……

这个疑问至今在牡丹丸的心中萦绕。

牡丹丸偷偷溜出鞍马山，是因为他为自己仍然无法飞行而感到心痛。

他不明白二郎来救这样的自己的理由。

如果是为了训斥自己或者惩罚自己，那么牡丹丸会明白。可是二郎什么都没说，自从回到鞍马山至今也没有惩罚自己。

不明白啊。

这令牡丹丸更加不安。

“牡丹丸哥哥。”

“哇！”

突然被叫了一声儿，牡丹丸从树桩上摔了下来。

“怎、怎么了，橙丸！”

“……”

橙丸直直地盯着牡丹丸。

这个“弟弟”为什么来找自己呀。牡丹丸感到惊讶。

“怎么了，有事直说啊。”

“……”

“橙丸？”

“因为牡丹丸哥哥……一直无精打采……”

“唔……”

连橙丸都注意到了这一点，牡丹丸忍不住故意望向一旁。

“牡丹丸哥哥……”

“……”

“你让二郎哥生气了吗？”

“不。”

“什么？”

“我竟然没有能让他生气……”

牡丹丸拼尽全力说出了这句话。

为了不让橙丸听到自己的呜咽声，他转过了身子。

此时——

“啊。”

橙丸拉住了牡丹丸的袖子。

“来这边。”

“喂、喂！你要去哪里啊！喂！”

万年樱——

奈奈生曾经来到鞍马山，让它再度盛开。此后，这棵树在今年春天也绽放了漂亮的花朵。

为什么来这里？

牡丹丸一边思索着，一边被橙丸带到这里。他看到在树下蹲着的人之后，倒吸一口气。

是二郎哥！

“牡丹丸哥哥。”

“啊。”

橙丸拉着牡丹丸的衣袖，牡丹丸慌忙藏到了附近的草丛里。

二郎在这里做什么呢？

牡丹丸的眼中，映出了二郎将与自己身材不相符的小小野花放在树根的情景。

在樱花树下放别的花？不知道为什么要这样做。

“那是墓。”

“啊？”

牡丹丸听到橙丸无意中说的词语，睁大双眼。

“那是……墓。”

“墓？”

“嗯……”

橙丸娓娓道来。

过去，橙丸捡到了一头父母双亡的小野猪。橙丸本想代替它的父母抚养它，但是二郎却将它杀了。

理由是，软弱的家伙就去死吧。

橙丸将小野猪的尸体埋在了万年樱的根旁。

刚才二郎献上花的位置，正是那头小野猪的墓的位置。

“为什么？”

越来越不能理解二郎了。

以前的二郎可是个比谁都好懂的人。

他作为地位高的天狗很强大，而且对于他人也很严格。就像橙丸说的“软弱的家伙就去死吧”。

可是他变了。

不得不说他确实变了。

自从那位温柔善良的土地神来到这座山的那天……

“喂。”

“哇啊！”

牡丹丸和橙丸吓得跳了起来。

明明应该在万年樱树下的二郎，不知何时站在了两人藏身的草丛前。

“你们干什么呢。”

橙丸听到二郎的话，吓得一动不动。

牡丹丸像是保护小弟弟一样站着，说：“我们才想问二、二郎哥哥你干什么呢！”

二郎转了转眼珠。

“我……”

他加强语气。

“我怎么样都好，可是你们……”

二郎说到这里便停下了。

“不。对不起。”

牡丹丸看到二郎后悔的表情的瞬间豁然开朗。

他明白二郎想要说什么了。

“比起这个，你能飞起来了吗？”

他想问这个。

可是，他没能问出口。

这是——

二郎哥……

他想这么问我……绝对没错……

但是二郎因为不想伤害牡丹丸，便没说出口。

牡丹丸对自己注意到这一点感到惊讶，呆呆地站着。二郎莫非因为以前斥责过自己而在反省？

竟然这样……

牡丹丸转念一想。

二郎哥——

是抱着怎样的心情翱翔在天空的呀。

是为了鞍马山。

牡丹丸心想这一点无论是过去还是现在一直没变。

可是，他心中的“鞍马山”的范围可能更广阔了一点儿。一起生活的天狗“兄弟”们，也是这座山的一部分。

他或许也这样挂念着因为飞不起来而感到痛苦的牡丹丸吧。

这不是斥责，而是二郎独有的鼓励。

现在二郎仍然对伤害了“弟弟”们而感到后悔。

二郎哥……

想要飞起来。

为了这个不坦诚的哥哥。

牡丹丸想要对他关怀自己的情感做出回应。

就在此时——

“啊！”

橙丸指向天空。

在那里……

“竟然是它……”

曾经见过的白色双翼。

那是在暴风雨那天捡到的，回到了家族的小天马。

可以看到它身后跟随着其他天马。小天马因为同类之间的羁绊，在空中飞翔。

我也……

飘浮。

牡丹丸再度全身心感受到暴风雨那天的飘浮感。

橙丸和二郎屏住了呼吸。

“牡丹丸哥哥！”

“牡丹丸！好啊！飞吧！”

牡丹丸感受着羁绊的力量，向着小天马飞去——